Ludwig Geiger

Karoline von Günderode

Ludwig Geiger

Karoline von Günderode

ISBN/EAN: 9783744621670

Hergestellt in Europa, USA, Kanada, Australien, Japan

Cover: Foto ©Raphael Reischuk / pixelio.de

Weitere Bücher finden Sie auf **www.hansebooks.com**

Karoline von Günderode.

Deutsche Verlags-Anstalt in Stuttgart.

Karoline von Günderode

und ihre Freunde.

Von

Ludwig Geiger.

Mit dem Porträt der Dichterin.

Deutsche Verlags-Anstalt.
Stuttgart, Leipzig, Berlin, Wien.
1895.

Inhalt.

Karoline von Günderode (1780—1806) ist auch in weiteren Kreisen durch ihre Dichtungen, besonders aber durch ihren tragischen, selbstgewählten Tod bekannt. Ihre unter dem Autornamen Tian erschienenen Dichtungen 1804 und 1805 sind ungemein selten geworden (das im Katolog der Berliner königlichen Bibliothek aufgeführte Exemplar ist seit längerer Zeit verstellt oder verloren) und auch ein Neudruck dieser Dichtungen (Mannheim 1857) ist bereits ein gesuchtes Werk. Auch die einzige ausführliche, aus den Quellen geschöpfte, mit manchem neuen Material ausgestattete Biographie der Günderode von W. Schwartz steht in einem dem gebildeten Publikum so wenig zugänglichen nur in größeren Bibliotheken befindlichen Sammelwerke, nämlich der Ersch- und Gruberschen Realencyklopädie (I. Sektion, Band 97), daß sie einem größeren Leserkreis weder bekannt noch erreichbar geworden ist. Daher empfingen und empfangen weitere Kreise die einzige Kunde von der merkwürdigen Frau durch das seltsame Buch der

L. Geiger, Karoline von Günderode. 1

Bettina „Die Günderode" (zuerst erschienen Grün=
berg 1840, Neudruck Berlin 1890).

Schon aus diesem Grunde würde es sich lohnen,
von Leben, Dichten und persönlichen Beziehungen des
schönen und unglücklichen Mädchens eingehender zu
handeln. Zu solchen Betrachtungen aber regt ein
äußerer Umstand noch besonders an. Durch einen
glücklichen Zufall fand ich (in Privatbesitz in Frank=
furt am Main) eine große Anzahl Schriftstücke, die
man als schriftlichen Nachlaß der Günderode bezeichnen
könnte. Es war ein Haufen ungeordneter Papiere, die
sich in zwei Hauptgruppen sondern lassen. Die erste
umfaßt den sogenannten schriftstellerischen Nachlaß und
würde das bei weitem bedeutendere Stück sein, wenn
es sich bei der Günderode in erster Linie wirklich um
die Schriftstellerin und nicht um die Frau handelte. Da
aber letzteres der Fall ist, so bietet der Nachlaß in
jener Beziehung verhältnismäßig wenig: Kollegienhefte,
zum Beispiel über Kiesewetters Logik, die Clemens
Brentano in Berlin nachgeschrieben haben könnte, Aus=
züge aus philosophischen Briefen, historische Aufzeich=
nungen, Abschriften von Büchern und Gedichten anderer,
zum Beispiel von einem bekannten Briefe von Goethe
an F. H. Jacobi (1800), der auch gelegentlich in den
Briefen Bettinas an die Günderode erwähnt wird,
Manuskripte zu einzelnen Dichtungen der letztgenannten,

besonders dem Mohammed. Daneben finden sich einige
humoristische Dichtungen, auf deren Ton man vielleicht
aus folgenden Titeln schließen kann: „Ode auf den
rauhen Hals eines gelehrten Herrn Professors," Geschichte der edlen und schönen Nymphe Callypso, Be-
herrscherin der Insel Ogygigia (sic) und Telemach, des
Prinzen von Ithaka nebst der eingeflickten Geschichte
der Tillina, ins Licht gestellt durch N. N. in der Manier
des alten heidnischen Dichters und blinden Mannes
Homer (15. Dezember 1798), „Der Kanonenschlag
oder das Gastmahl des Tantalus, ein heroisches, komi-
sches, tragisches Schauspiel zur Warnung und Exempel
für thörichte Menschen mit ungezogenen und höchst un-
klugen Neckereien, daraus sie eine anständige Conduite
erlernen können und sollen." Eine flüchtige Durchsicht
dieser Papiere zeigte mir die gänzliche Unbedeutendheit
dieser Machwerke, die vielleicht gar nicht einmal von
Karoline, sondern von einer ihrer Schwestern herrühren
und sich ganz gewiß nicht, wie man etwa aus dem
Titel des ersten schließen möchte, auf Creuzer beziehen
oder wenigstens nichts Näheres über ihn mitteilen, so daß
es Zeit= und Raumverschwendung wäre, näher auf sie
einzugehen.

Die andere Hälfte des Nachlasses, die bei weitem
bedeutendere, sind die Briefe an Karoline, denen sich
ganz vereinzelte von Karoline geschriebene anschließen. Die

am wenigsten bemerkenswerten Briefe sind die einiger
Familienmitglieder, der Großmutter und einer Schwester
— die anderen Schwestern kommen fast gar nicht
zum Worte, — von denen daher im folgenden auch
nur ganz kurze Proben gegeben werden können.
Während diese absolut unliterarischen Inhalts sind, von
Persönlichkeiten herrühren, die keine bemerkenswerte Rolle
gespielt haben und zur Charakteristik der Adressatin
nicht viel beitragen, sind die Briefe dreier anderer,
Savignys, Clemens' und Bettinas Brentano
sowohl wegen der Schreiber als wegen ihres allgemeinen
und ihres auf die Angeredete bezüglichen besonderen
Inhalts von gleich hohem Interesse. Sie gewähren
tiefe Einblicke in die Zeit der Romantik, in ihr un=
ruhiges Hasten und Streben, in die damals übliche
seltsame Verrückung der Grenzen von Liebe und Freund=
schaft. Der große Jurist tritt uns hier persönlich,
menschlich näher, der Dichter Clemens Brentano er=
scheint in seinem geistreichen Scherz, seiner an Tollheit
streifenden Ueberspanntheit, seiner widrigen mit Krank=
haftigkeit verwandten Lüsternheit; Bettina, das frühreife
Mädchen, liefert authentische Beläge für ihre phantastische
Freundschaft, deren Bruch wir vor unsern Augen sich
vollziehen sehen. Zu diesen drei Trägern bekannter
Namen tritt als vierte Lisette Nees, vielleicht die
vertrauteste von Karolinens Freundinnen, eine kluge

besonnene Frau, die trotz aller vernünftigen Worte und verständiger Betrachtungen sich von einzelnen Eigenschaften und Aeußerungen der Romantik nicht frei zu halten vermochte. In diesen Kreis einzuführen, soll die Aufgabe der folgenden Betrachtungen und Mitteilungen sein.

Karoline Friederike Luise Maximiliane von Günderode war die Tochter des Freiherrn Hektor Wilhelm von Günderode und seiner Gattin Luise, die gleichfalls der Günderodischen Familie entstammte. Der Vater (vergleiche seine Biographie von Drais, Kehl 1786 und seine Schriften, herausgegeben von Posselt, zwei Bände, Leipzig 1787 und 1788) hatte sich 1771 in Idyllen versucht und seitdem in seiner verhältnismäßig kurzen Beamtenlaufbahn durch eine ziemliche Anzahl staatswissenschaftlicher und geschichtlicher Schriften einen Namen gemacht. Auch die Frau war dichterisch beanlagt und bekundete dies durch eine Anzahl Poesien, die in verschiedenen Zeitschriften erschienen. Der kurzen Ehe — sie wurde im Jahre 1778 geschlossen — entstammten fünf Töchter, außerdem ein Sohn Hektor, der kurz vor dem Tode des Vaters den 25. April 1786 geboren wurde und in Frankfurt den 21. März 1862 starb. Karoline war in Karlsruhe in Baden am

11. Februar 1780 geboren. Nach dem Tode des
Vaters zog die Mutter, die in nicht sehr glänzenden
Verhältnissen lebte, nach Hanau. Sie starb am
15. September 1819. Ein Herr von Hohim scheint
ihr Vermögensverwalter gewesen zu sein. In den von
mir eingesehenen Papieren findet sich ein Schreiben
Karolinens an den Genannten, in dem es sich teils um
finanzielle Abmachungen, teils um einzelne erregte Aus=
einandersetzungen sehr familiärer Natur handelt. In
Hanau lebte die Familie in engem Verkehr mit den
dortigen Kreisen der höheren Gesellschaft und wurde
auch an den Hof gezogen, seitdem im Jahre 1797
Prinz Wilhelm von Kassel mit seiner Gemahlin Augusta,
der Schwester Friedrich Wilhelms III. von Preußen,
dort residirte. Drei der Schwestern starben jung,
Luise 1794, Charlotte 1801, Amalie 1802. Von
diesen drei Schwestern haben sich namentlich Briefe
Charlottens, außerdem solche der überlebenden Wilhel=
mine erhalten. Aus ihnen geht hervor, daß die
Schwestern sehr viel in Gesellschaft sich bewegten, Ge=
legenheitsgedichte verfertigten, daß Charlotte malte und
anderes. Die Briefe sind fast gänzlich unliterarisch, einige=
male entsprechen die Schwestern den Bitten Karolinens um
Bücher, zum Beispiel Goethes Werther. Einmal fragt
Charlotte, ob sich Karoline mit Leonhardi verlobt habe,
in Hanau sei am Hofe das Gerücht davon verbreitet.

Ueber Charlotte sprach sich Karoline in einem Briefe an eine Freundin einmal so aus, daß sie mit ihr am meisten harmonire, „in ihr fand ich eine Seele, die in den wichtigsten Gegenständen so sehr einerlei Meinung mit mir war“. Wilhelmine, die überlebende Schwester, verheiratete sich im Jahre 1804 und starb 1819 kinderlos.

Karoline wurde am 4. April 1797 in das adelige evangelische Damenstift in Frankfurt am Main (errichtet 1753) aufgenommen, eigentlich gegen die Anordnung der Statuten, welche ein Lebensalter von 30 Jahren für die aufzunehmenden zwölf mittellosen Jungfrauen oder Frauen vorschrieben. Das Stift war kein Kloster, doch war das Leben, das von den weiblichen Insassen gefordert wurde, dem klösterlichen verwandt. Die Damen sollten eingezogen leben, weder Theater noch Bälle besuchen, sich schwarz kleiden und wenig oder gar keine Besuche empfangen. Doch scheint die Freiheit der Bewegung in keiner Weise gehindert gewesen zu sein. Karoline empfing viele Besuche und reiste jedenfalls ziemlich viel, nach ihrem alten Wohnort Hanau, nach Trages, auf das Landgut Savignys, an den Rhein. Die persönlichen und brieflichen Verbindungen, welche Karoline unterhielt, waren mannigfach. Außer mit ihren Schwestern korrespondirte sie mit nahen Verwandten, besonders mit der Großmutter

Luise, geborenen von Drachstedt, Gemahlin des Frei=
herrn Christian Maximilian von Günderode auf Graß,
die in ihren letzten Lebensjahren in der kleinen hessi=
schen Stadt Butzbach lebte. Von ihr haben sich ziemlich
viele Briefe erhalten, die freilich in erster Linie nicht
für Karolinens Wesen bedeutsam sind. Es sind vielmehr
Mitteilungen aus einem einfachen Land= und Stadtleben,
nicht uninteressant für die Kulturverhältnisse jener Zeit,
reich an Notizen über Einquartierungen, die daburch
verursachten Kosten, besonders auch die den Offi=
zieren und Soldaten der zu verpflegenden Armee zuge=
schriebenen Liebesaffairen. Die Großmutter mahnt im
Anschluß an solche Geschichten Karoline, auf ihren
guten Ruf bedacht zu sein; wenigstens eine der Mah=
nungen mag hier buchstäblich mitgeteilt werden, um den
Kriegsfuß erkennen zu lassen, auf dem die alte Dame mit
der Orthographie stand:

Butzbach, den 1. August 1797.

„Vor deinen lieben Brief, meine Lina, dank ich
dir so hertzlich. Ich zweifle gar nicht, daß du liebes
Medgen dein Betragen so einrichten würst, daß
du uns alle Ehre magst und dir hierin die gröste.
Auch immer so dein Vertrauen zeigst, sowohl der
Fräulein Pröbstin wie Fräulein Gredel, was schik=
lich oder nicht Schiklich ist. Dises sind vernünftige
Menschen. Daß Nächtliche laufen bringt Keine

Ehre, weil sich alsdann hier und da Etwas an=
fedelt, wo durch ich nichts gewönne Nein, vielmehr
meine Ehre, Wo doch ein Medgen, und Jeder
Vernünftige alles aufsetzen mus ins Spiel setzen.
Ach Gott regiere dich mit dem heiligen Geist,
werde und Sey eine recht Schaftene Christin, so
würst du dich auch bestreben eine Tugendhafte
Person Zusein und daß gehet über alles. Hast
du noch Liebe vor mich, so verwürf meine Er=
mahnung nicht und denke daran, wenn ich schon
lange Erkald bin, Gott Seegene dich."

Die Großmutter starb im Juni 1799; Karoline
reiste, wie ihre Schwester Wilhelmine einer gemeinsamen
Freundin, Karoline von Barkhausen, geborenen von
Leonhardi, mitteilte, zur Beerdigung. An die eben=
genannte Freundin und deren Schwester Sophie ist
eine Anzahl Briefe gerichtet, 1799 ff. (die Schwartz
a. O. Seite 171—181 mitgeteilt hat). Sie sind
teils aus Hanau, teils aus Butzbach geschrieben, wo
Karoline nach dem Tode der Großmutter einen Winter
zubrachte, um ihrem vereinsamten Großvater Gesellschaft
zu leisten. Die Entfernung aus dem Stift, die mit
geringen Unterbrechungen fast zwei Jahre gedauert zu
haben scheint, that ihr wohl. Einmal schreibt sie
geradezu, daß ihr vor ihrer Zurückkunft in das Stift
bange sei. In dem ersten der ebenerwähnten Briefe

herrscht das zeremonielle „Sie", später wird es aber
durch das vertrauliche „Du" verdrängt. Den Inhalt der
Briefe bilden außer Berichten über kleine Vorfälle des
Lebens, auch über Vergnügungen und Feste, mannig=
fache Klagen über ihr körperliches Befinden: — sie be=
schwert sich über Augenschwäche, Kopfschmerzen und
Husten — Darlegungen ihrer Unlust an dem gesell=
schaftlichen Treiben, Versicherungen schwärmerischer
Freundschaft, Aeußerungen melancholischer Stimmung
und großer Unzufriedenheit mit den meisten sie um=
gebenden Menschen, weil diese nicht im stande seien,
ihre Empfindungen zu begreifen und ihr Interesse zu
erregen.   Ihr Interesse gehörte vor allem der Literatur an. Gelegentlich werden in diesen Briefen Goethes
„Torquato Tasso" und Schillers „Räuber" erwähnt,
ohne daß jedoch ein Urteil über sie gefällt wird. Nach
Fichtes Schriften steht ihr Verlangen, ihr schwankender
Gesundheitszustand erlaubt ihr aber nicht, die gesendeten
zu lesen, Jacobis „Woldemar" nennt sie ein früher gern
gelesenes Buch. Ausführlichere literarische Stellen finden
sich nur über Herder und Jean Paul.   Ueber Herders
„Ideen zur Philosophie der Geschichte der Menschheit"
urteilte sie einmal: „Bei allen meinen Schmerzen ist
mir das Buch ein wahrer Trost; ich vergesse mich,
meine Leiden und Freuden im Wohl und Wehe der
ganzen Menschheit, und ich selbst scheine mir in solchen

Augenblicken ein so kleiner unbedeutender Punkt in der
Schöpfung, daß mir meine eigenen Angelegenheiten
keiner Thräne, keiner bangen Minute wert scheinen."

Mit großem Entzücken las sie Jean Paul. Am
17. Juli 1799 berichtete sie: „Ich lese seit mehreren
Tagen in Jean Pauls ‚Siebenkäs‘, er gefällt mir
ganz außerordentlich. Die Wahrheit in Lenettens
Charakter ist überraschend, im kleinsten wie im größten
Zug so ganz ein gemeines Weib, unfähig, groß zu
denken und zu fühlen. Ich bin äußerst begierig auf
den dritten Teil", und wenige Tage später, am sechsund=
zwanzigsten, meldete sie: „Sie haben doch das ‚Campaner
Thal‘ von Jean Paul gelesen? Es gefällt mir noch
weit besser als Siebenkäs. Ich kann mir nichts Liebens=
würdigeres denken als Gionnens Charakter: fast fürchte
ich, er ist nur ideal, unerreichbar in jeder Lage."

In Briefen vertrauter Freundinnen, namentlich denen
eines jungen Mädchens an eine verheiratete Gefährtin,
spielen Herzensgeheimnisse naturgemäß eine große Rolle.
Karoline hatte schon vorher einmal ihre Neigung einem
Manne geschenkt. „Kaum glaubte ich," so spricht sie sich
am 10. Juli 1799 aus, „mich aus dem Sturme der
Leidenschaft gerettet, glaubte mich sicher und ich sehe
mich wieder verstrickt: ich liebe, wünsche, glaube, hoffe
wieder und vielleicht stärker als jemals." Der Gegenstand
ihrer starken Liebe war Friedrich Karl von Savigny.

Savigny der große Rechtsgelehrte, der spätere preußische Minister, geboren 21. Februar 1779, gestorben 25. Oktober 1861, lebte in seinen Kindheits- und Jünglingsjahren in seiner Vaterstadt Frankfurt am Main, vielfach auf dem durch seine Großmutter der Familie zugebrachten Hofgute Trages bei Gelnhausen. Er war in Frankfurt mit der Familie Brentano, besonders mit Clemens, eng befreundet. 1795—1800 studirte er in Jena und Marburg, erwarb 1800 auf der letztgenannten Universität den Doktorgrad und wurde 1803 daselbst, nach Veröffentlichung der epochemachenden Schrift: „Das Recht des Besitzes" außerordentlicher Professor. Am 17. April 1804 heiratete er die Schwester seines Freundes, Kunigunde (Gundel) Brentano, und trat bald nach der Ehe eine große Studienreise nach Italien und Frankreich an, die ihn etwa 18 Monate, bis September 1805, von der Heimat fern hielt.

Man darf wohl annehmen, daß Savigny schon damals seine Blicke auf seine künftige Frau gelenkt hatte und aus diesem Grunde dem Mädchen keine Aufmerksamkeit schenkte, das sonst vielleicht sowohl durch äußere als innere Gaben geeignet gewesen wäre, ihn zu fesseln.

Von ihrem Aeußern nämlich ist uns eine Schilderung Bettinens erhalten, die als eine, auf Grund eigener genauer Anschauung gewonnene, zuverlässige gelten

darf. Sie lautet: „Sie war so sanft und weich in
allen Zügen wie eine Blondine. Sie hatte braunes
Haar, aber blaue Augen, die waren gedeckt mit langen
Augenwimpern; wenn sie lachte, so war es nicht laut,
es war vielmehr ein sanftes, gedämpftes Girren, in dem
sich Lust und Heiterkeit sehr vernehmlich aussprach:
— sie ging nicht, sie wandelte, wenn man verstehen
will, was ich damit auszusprechen meine; — ihr Kleid
war ein Gewand, was sie in schmeichelnden Falten
umgab, das kam von ihren weichen Bewegungen her,
— ihr Wuchs war hoch, ihre Gestalt war zu fließend,
als daß man es mit dem Wort schlank ausdrücken
könnte, sie war schüchtern-freundlich und viel zu willen-
los, als daß sie in der Gesellschaft sich bemerkbar gemacht hätte.“

Am 4. Juli 1799 bekannte Karoline ihrer Freundin,
daß Savigny beim ersten Anblick — es war in Leng-
feld, einem Gute der Familie von Leonhardi im Oden-
wald — einen tiefen Eindruck auf sie gemacht habe;
sie habe sich zuerst überreden wollen, daß sie bloß
Teilnahme für ihn empfände, bald aber erkannt, daß
das Gefühl wirkliche Leidenschaft sei. „Zürnen möchte
ich mir selbst, daß ich mein Herz so schnell an einen
Mann hingab, dem ich wahrscheinlich ganz gleichgiltig
bin; aber es ist nun so, und mein einziger Trost ist,
bei Ihnen, Beste, freundschaftliche Teilnahme zu suchen.“

Die Freundin, die damals in Frankfurt war, antwortete alsbald, 6. Juli, daß sie Karolinens entstehende Leiden=schaft wohl bemerkt hätte und suchte sie mit folgenden Worten abzukühlen: „Er ist gewiß ein Mann, der all=gemeine Achtung verdient, und wer sich einstens das Weib dieses Mannes nennen kann, hat gewiß ein be=neidenswertes Los. Die Teilnahme, die er bisher an meinem ganzen Schicksal genommen hat, ist mir Be=weis genug, daß er ein fühlendes Herz hat; allein sein einsames Leben hat seine Gefühle sehr hochgespannt, und er hat sich daher ein Ideal geschaffen, das er schwerlich in dieser Welt realisirt finden wird. Er sieht daher alles aus einem ganz andern Gesichtspunkte an und über seine künftige Bestimmung ist er noch völlig unentschieden." Karoline fühlte sich durch diese Darlegung etwas ernüchtert, wenigstens glaubte sie (10. Juli), daß „sie sich weit von dem Ideal entfernt fühle, das sich ein Savigny erträumen kann", und hielt sich für uneigennützig genug, ihm zu wünschen, ein solches Ideal zu finden. Trotzdem bat sie ge=legentlich um weitere Nachricht über ihn (26. Juli), „es ist ja das einzige, was ich von ihm haben kann, der Schatten eines Traumes".

Karolinens resignirte Stimmung schwand bald. Ihre Leidenschaft war nicht so stark gewesen, daß sie nicht einen ruhigen Verkehr mit dem so plötzlich Heißgeliebten

ertrug. Ein solcher machte sich ganz von selbst.
Savigny verkehrte, da er nahe bei Frankfurt lebte,
vielfach in den Kreisen, in denen Karoline heimisch
war. Die innigen Beziehungen beider zu dem Brentano=
'schen Hause mußten sie einander nähern. Es mag
leicht sein, daß Savigny frühzeitig von der durch ihn
erregten Leidenschaft unterrichtet wurde, und daß er,
ohne sie zu erwidern und ohne Lust, sie neu anzu=
fachen, doch immerhin der bisher Unbeachteten freund=
liche Beachtung schenkte. So entstand ein Briefwechsel,
der sich etwa durch drei Jahre hinzog und, wenn er
uns auch nur einseitig überliefert ist, als schönes Denk=
mal echter freundschaftlicher Zuneigung bekannt gemacht
zu werden verdient.

Die nachfolgenden Briefe Savignys, ebenso wie
alle folgenden werden hier in modernisirter Orthographie
und Interpunktion abgedruckt. Außer diesen rein buch=
stäblichen Aenderungen werden sie treu nach dem
Original gegeben. Die vorzunehmenden Verbesserungen
waren bei Savignys Briefen ganz minimal. Die Briefe
waren gänzlich ungeordnet. Ich gebe sie ohne Unter=
brechung durch Anmerkungen und Zwischenreden in der
Ordnung, die ich für die richtige halte. Die meisten
Briefe sind völlig datirt, manche enthalten Angaben
von Tag und Monat, andere, wie gleich der erste, sind
gänzlich undatirt. Doch ist kein Zweifel, daß der erste

wirklich am Anfang zu stehen hat; er gibt sich durch
seinen überaus förmlichen Ton als Einleitung der
Korrespondenz zu erkennen. Die meisten Briefe sind
wohl durch Gelegenheit befördert, durch Boten über=
geben worden; fast auf keinem findet sich ein Post=
vermerk. Als Adresse steht entweder „An das Fräulein
von Günderode" oder „An das Günderödchen"; die
allerwenigsten Briefe haben die vollständige Adresse
„An Fräulein Karoline von Günderode im Cronstädti=
schen Stift, Frankfurt am Main." Für die Zeit der
Datirung blieb die Zeit vom Sommer 1804 bis
Herbst 1805 ausgeschlossen, während welcher Savigny,
wie bereits bemerkt, auf seiner großen Reise begriffen
war, teils weil die Briefe sich in nichts als Reise=
betrachtungen oder Erzählungen dokumentiren, teils weil
derartige intime durch den Augenblick erregte, durch
eine kurze Mitteilung oder ein geführtes Gespräch ver=
anlaßte Korrespondenzen nur bei örtlicher Vereinigung
oder mindestens Nachbarschaft möglich sind. Die Ant=
worten Karolinens, auf die mehrfach Rücksicht genommen
wird, sind mir leider nicht bekannt. Die Briefe Savignys
lauten:

Der liebe Gott, mein Fräulein, hat es nicht
haben wollen, daß ich Ihnen einen Brief in
Gießen übergeben sollte, der mir für Sie einge=
händigt worden war. Ich betrachte dieses als ein

Zeichen, daß Sie jenen Brief überhaupt gar nicht
lesen sollten, und enthalte mich, Ihnen denselben
zu schicken. Warum aber jenes Zeichen gerade so
eingerichtet werden mußte, daß ich verhindert wurde,
Sie zu sehen? Ich bin sehr geneigt, etwas darüber
zu murren, um so mehr als ich mir auf dem
ganzen Wege nicht wenig auf meinen Auftrag
eingebildet hatte. Das gute Mienchen war be=
trübt, daß Sie weg waren, ich war es, wie ge=
sagt, gleichfalls, und die Fr. von Rabenau wird
es wohl auch gewesen sein, worüber ich aber
freilich keine sichere Nachricht geben kann, da ich
sie eben jetzt zum erstenmal sah.

Ich glaube sogar, ich habe Sie in Gießen auch
nach allerlei Dingen fragen wollen, die ich jetzt
nicht mehr weiß oder doch nicht sage. Wollen
Sie, daß Ihnen in Zukunft keine Briefe unter=
schlagen werden, so reisen Sie jedesmal einen Tag
später ab als Sie anfangs willens sind: ich werde
dann nicht mehr in der Verlegenheit sein, Sie bloß
schriftlich meiner Verehrung versichern zu können.

Savigny.

*

Marburg, 10. Juli 1803.

Ich habe von jeher eine so heilige Scheu vor
allen geistlichen Anstalten zur Bewahrung weib=

licher Sittsamkeit empfunden, daß ich mich herzlich
freue, zwei Gründe auf einmal zu besitzen, die
mich kühn genug machen, geradezu in das Kron=
städtische Fräuleinstift mit einem Briefe einzubrechen.

Der erste Grund ist recht christlich: es ist die
Pflicht der Dankbarkeit, die gar übel von mir
vernachlässigt würde, wenn ich Ihnen nicht sagte,
wie viele Freude mir Ihr Brief gemacht hat.

Der zweite ist nicht weniger christlich. Georg
Brentano hat plötzlich geheiratet und ich wünschte
sehr zu wissen, wie das arme, gute, treue Klöbchen
diese Begebenheit ertragen hat und noch erträgt.
Einige Details hierüber würden mich zu neuer
Dankbarkeit auffordern, ja, ich kann sagen, daß
ich zu dieser Frage außer mir selbst auch noch
von jemand anders aufgefordert worden bin.

In Gießen wurde mir gesagt, daß Sie noch
diesen Sommer wieder dahin kommen und dann
Marburg in Augenschein nehmen würden, wohin
nämlich Ihre Frau Tante eine Lustreise zu machen
entschlossen wäre. Ich habe seitdem dieser Sache
weiter nachgedacht, und gefunden, daß es für
Sie durchaus notwendig ist, die Dinge zu sehen,
die sich hier befinden, ja, daß ich kaum begreife,
wie Sie das alles bis jetzt haben entbehren können.
Es sind der interessanten Gegenstände so viele, daß

ein so kleines Papier sie unmöglich fassen kann;
noch viel weniger aber würde es eine getreue Dar=
stellung der Verehrung und Ergebenheit zu fassen
vermögen, womit ich mich unterzeichne

Savigny.

*

Marburg, 23. Juli 1803.

Es könnte mir fast leid thun, daß ich schon
längst weiß, wie gut Sie sind, da ich jetzt eben
die schönste Gelegenheit gehabt hätte, es zu lernen.
Sie begnügen sich nicht, mir die Nachricht, um
welche ich gebeten hatte, recht ausführlich zu geben,
sondern Sie schicken mir obendrein noch ein Brief=
chen, um das ich nicht gebeten hatte, und für das
ich also doppelt danken muß.

Dieses Briefchen wäre mir, alles andere ab=
gerechnet, schon deswegen außerordentlich lieb ge=
wesen, weil ich daraus gelernt habe, wie Sie eigent=
lich heißen: ich habe immer geglaubt, Sie hießen
Fräulein, aber jetzt weiß ich, daß Sie Günde=
rödchen heißen. Was andere Menschen davon
denken, kann ich freilich nicht sagen, aber mir
scheint es weit angenehmer und nötiger sogar,
dieses zu wissen, als welchen Titel vor fünfzehn=
hundert Jahren ein römischer Kaiser geführt haben
mag.

Aber, Günderödchen, ich muß Ihnen auch eine
kleine Schlechtigkeit gestehen. In dem Briefchen
hatten Sie eine Stelle ausgestrichen: nun ist es
von jeher meine Leidenschaft gewesen, solche Stellen
zu lesen, die man mir ausgestrichen hatte, und so
ist es mir denn auch hier endlich gelungen. In
der That, die Stelle selbst hat mir eben nicht so
geschienen, daß man sie hätte ausstreichen müssen,
aber daß Sie sie ausgestrichen haben, das hat mir
Gedanken gemacht. Ich werde den ganzen Fall
der hiesigen philosophischen Fakultät vorlegen und
Ihnen das Gutachten derselben mitteilen.

Sie wollen nicht hierher kommen? wollen diese
Freude — Ihrer Tante versagen, die so gern
diese kleine Reise mit Ihnen gemacht hätte? wie
häßlich! wenn Sie mir es mündlich gesagt hätten,
so würde ich wahrscheinlich die Unverschämtheit
gehabt haben, nach der Ursache zu fragen, aber
in einer solchen Entfernung fühle ich mir nicht den
Mut dazu. Und nicht einmal nach Gießen wollen
Sie mehr kommen? Doch, ich denke, Sie gehen
in sich, und wenn Sie dann ohnehin einmal auf
guten Wegen sind, treiben Sie vielleicht gar die
Güte so weit, daß Sie mir Nachricht davon geben.
Wenn Sie es aber nicht thun, so gehe ich nächstens
nach Gießen, und verleumde Sie so, daß niemand

mehr mit Ihnen etwas wird zu thun haben wollen; ich lasse mich dann von der Frau von Rabenau zum Neveu und von dem süßen Mienchen zum Bruder annehmen, und Sie werden ganz aus der Verwandtschaft ausgestrichen. Sollte ich dann dennoch einmal an Sie schreiben müssen, so werde ich mich unterzeichnen als

Ihr

gänzlich abgeneigter

Savigny.

N. S. Länger kann ich es denn doch nicht verschweigen, daß ich die ausgestrichene Stelle in dem kleinen Briefchen wirklich nicht habe lesen können, ja, daß ich mich nicht wenig darüber ge= ärgert habe. Ich habe also nicht einmal die Satis= faktion zu wissen, daß es Ihnen unangenehm gewesen wäre, das Gegenteil einstweilen zu glauben. — Noch etwas kann ich schließlich nicht unter= drücken. Sie schrieben neulich über Gunda und sagten unter anderem, Gunda „redete mit einiger Würde von guten Prinzipien". Nun sagen Sie mir um Gottes willen, Günderödchen, was das heißt. Es läßt sich auf vielerlei Art verstehen, und ich wollte zwei Kommentare darüber schreiben, die sich gar nicht ähnlich sehen sollten. So etwas kann

einen ehrlichen Menschen um seinen Verstand bringen,
und ich bin weit entfernt zu glauben, daß der
meinige der Mühe wert sei, verloren zu werden.

Günderödchen, es hat schon viele dumme Leute
gegeben, die gesagt haben: tout change. Ich
sage es auch, aber ganz anders und voll Zutrauen.
Jetzt zum Beispiel hat es sich auch so gefunden:
noch vor wenig Tagen wollte ich Ihnen gar vieles
schreiben, in keiner andern Absicht, als damit es
eine äußerliche Befestigung hätte, indem es jemand
wüßte, dem ich vertraue, denn ich habe viel Ver=
trauen gegen Sie. Jetzt ist es anders, nicht das
Vertrauen, aber das Bedürfnis, obgleich es mich
noch freuen wird, wenn Sie vieles wissen. Darum
schreibe ich Ihnen — gar nichts, sondern überlasse
es dem Himmel, wie viel Ihnen gute Leute erzählen
wollen.

Das ist aber nicht alles, sondern ich muß Sie
nun noch schelten und sehr ernstlich. Sie haben
mich verkannt, Sie haben mir unrecht gethan,
verführt durch ein bißchen äußerlichen Schein. Es
ist mir so deutlich, daß Sie mir unrecht gethan
haben, daß ich gar nichts dazu thun kann, Sie
noch besonders davon zu überzeugen, ja, ich zweifle
gar nicht, daß Sie es einsehen werden, daß es
Ihnen leid sein wird, daß Sie es bereuen werden,

aber obgleich ich ganz und gar nicht daran zweifle, wird es mich dennoch freuen, ein sinnliches Zeugniß davon in Händen zu haben.

Adieu.   (Ohne Unterschrift.)

*

M., 28. Dez. (1803).

Lieb Günderödchen, es war doch sehr schön, daß Sie mit nach Trages gekommen sind. Vor allem deswegen, weil Sie jetzt gewiß nicht mehr bloß mein Freund, sondern auch unser Freund sind. Nicht wahr, so ist es? Sie haben angefangen zu fühlen, was Sie sonst nur für meinen Irrtum hielten, daß zwei unter uns dreien eins sind.

Das hätten Sie nun freilich auch in Zukunft gewiß empfunden, aber so ist es viel schöner. Erstens weil es freier ist, und zweitens, weil Sie jetzt mehr und anders als vorher mit meinem Gundelchen zusammen sein werden. Seine jetzige Umgebung ist so unheimlich, und ich kann nichts dazu thun, sie heimlicher zu machen, aber Sie können es. Ist es nicht schön, lieber Freund, daß Sie sich schon jetzt so verdient um mich machen? Sie werden uns nicht nur angehören, Sie werden auch Rechte auf uns haben.

Adieu, lieber Freund.

S.

Auf den heutigen Brief antworte ich ein ander=
mal, denn in fünf Minuten geht die Post ab.
Abieu.

*

Marburg, 8. Januar 1804.

Ei, ei, lieber Freund, Sie haben da einmal
wunderliche Empfindungen und Vorsätze gehabt.
Sie haben ja ordentlich republikanische Gesinnun=
gen, ist das vielleicht ein kleiner Rest von der fran=
zösischen Revolution? nun, es soll Ihnen verziehen
sein, wenn Sie versprechen wollen, sich noch manch=
mal darüber auslachen zu lassen. Ohnehin habe
ich eine nicht geringe Freude dabei, Sie haben
hier anschauen gelernt, was ich schon lange weiß,
wie das Gundelchen durch seine einfache Unbe=
fangenheit viel besser ist als Sie und ich. Sagen
Sie selbst, haben wir uns nicht von jeher sehr
gegen einander geziert? hätten wir uns nicht schon
vor Jahren allerlei sagen und schreiben können,
wobei es uns etwas wohl geworden wäre, zum
Beispiel, daß wir etwas auf einander halten?

Ich will Ihnen etwas sagen, lieber Freund;
in aller geistigen Herrschaft, in allem geistigen
Besitz gilt das Recht des Stärkeren, jeder Mensch
hat von jedem andern gerade so viel in seinem
ausschließenden Besitz, als er von ihm haben und

fassen kann, ein dritter kann ihn gar nicht daran
hindern. Wenn sich also so 'was findet, was von
Natur Ihnen und mir gemein ist und nicht zugleich dem Gundelchen, so wird es wohl bleiben
lassen darüber zu herrschen, es wird von selbst vor
der Thüre stehen bleiben, nur daß es dann meine
Sorge sein würde, es herein zu führen zu uns.

Von Ihrem Bedürfnis sich auszusprechen habe
ich eine sehr deutliche Vorstellung, es ist etwas
Logisches darin, wodurch wir noch ganz besonders
verwandt werden. Noch kenne ich die Richtung
nicht, die Ihr ganzes Denken und Empfinden genommen hat, aber ich werde sie kennen lernen, ich
freue mich darauf, rechnen Sie immer auf sehr
herzlichen Anteil in allem, was Sie mir mitzuteilen
den Wunsch haben können. Führen Sie mich nur
erst selbst in Ihrem Kämmerlein ein, damit ich
dann selbst nach Belieben anklopfen kann. Ich
glaube gewiß, Sie müssen und können auf einem
sehr bestimmten Wege von Lesen, Denken und
Schreiben gesetzmäßig sich ausbildend, sehr froh
und glücklich werden. Haben Sie nicht darin
bisher etwas vagirt, und auch in der Freundschaft?
Das taugt nichts, lieber Freund.

Sie wundern sich, daß Sie das Gundelchen
nicht in Ihr Kämmerchen führen konnten? Ich

finde das sehr natürlich, ihr beide habt wenig individuelle Berührung, die individuellste vielleicht ist die, daß ihr beide an mir habt Geschmack finden können, so daß ich von Natur zum Mittler zwischen euch bestimmt bin. So kann ich denn dem Gundelchen bezahlen. Jetzt fehlt nur noch, daß auch Sie zwischen mir und dem Gundelchen ein Mittler zu sein unternehmen; der Entschluß wäre etwas heroisch, aber einen Republikaner wie Sie muß das gerade am meisten ansprechen. Adieu.

Ihr Freund.

*

Marburg, den 8. Februar 1804.

Ich habe die letzten Wochen dazu angewendet, Ihnen, lieber Freund, einen Beweis meiner Sym-pathie zu geben, indem ich Ihnen — nicht schrieb. Ich habe Ihnen nämlich in jedem Augenblick, worin Sie geküßt haben oder geküßt worden sind, nicht geschrieben, und so ist denn dieses seit langer Zeit der erste Moment, in welchem ich Ihnen sagen kann, daß ich noch ganz wie sonst der Ihrige bin, obgleich Ihr Herz sich sehr beträchtlich von mir gewendet haben soll.

Aber im Ernst, lieber Freund, haben Sie es denn rein vergessen, daß ich auch einigen Teil an Ihnen

habe und daß Sie ganz unser sein wollten, erb-
und eigentümlich? und daß das eigentlich Ihrem
ganzen Wesen, allem was vortrefflich und strebend
in Ihnen ist, viel angemessener ist, als — ich
habe mich da in einer Periode festgerennt, und
halte es für das beste, die Periode stecken zu
lassen, abzusteigen und zu Fuße fortzugehen: ich
meine nämlich, daß eine gewisse hingebende Weich-
heit und das berühmte Hellbunkel gar nicht zu
Ihrem eigentlichen Wesen gehören, wenn schon
viele Menschen nichts anderes von Ihnen wissen
mögen als eben dieses. Ei, Günderödchen, wo
bleibt denn die berühmte Seelenverwandtschaft
zwischen uns beiden? und wer soll denn um
Gottes willen in Ihr Stübchen in Trages ziehen,
wenn Sie vor wehmütiger Einsamkeit vergehen
wollen (den Mund ausgenommen, ohne den man
freilich nicht küssen kann)? Ich erinnere mich, daß
mir sonst viele Leute gesagt haben: „das Günderödchen ist sehr gut, aber gar schwach"; damals
habe ich Ihre Arme angesehen und den Kopf ge-
schüttelt, jetzt fange ich an zu begreifen.

Aber nicht so, lieber Freund, nicht die Leute
vergessen, die so viel Anteil an uns nehmen, nicht
bloß mit dem Herzen, sondern mit ihrem ganzen
Wesen — nicht zu weich sein und zu wehmütig

und zu sehnsüchtig — klar werden und fest und
doch voll Wärme und Freude des Lebens.

Was sagt denn der Freund dazu?

(Ohne Unterschrift.)

*

Marburg, den 26. Februar (1804.)

Ihr Brief, lieber Freund, hat mir viele Freude
gemacht, aber ich finde dabei bestätigt, was ich
schon vorher fühlte, daß ich Sie noch unverant=
wortlich wenig kenne. Wie freue ich mich darauf,
mit Ihrem Talent Bekanntschaft zu machen! Vor=
läufig erfreut mich Ihr Enthusiasmus an sich,
und es ist gar nicht unwahrscheinlich, daß ich
in der berühmten Streitsache dieses Enthusiasmus
mit dem Gundelchen die Partei des ersten er=
greifen werde, wozu denn auch freilich das mit
beitragen mag, daß ich gegen das letzte (ich meine
das Gundelchen) im allgemeinen sehr eingenom=
men bin.

Ich habe heute einen Pack Bücher, nach Trages
bestimmt, auf die Post gegeben; gebe der Himmel,
daß ich Ihren Geschmack getroffen haben möge!
Wenn Sie etwa bestimmte Bücher zu haben wünschen,
so schreiben Sie mir das doch gleich, damit ich
sie noch schicken kann.

Wie freue ich mich, Sie, lieber Freund, bald
zu sehen! Leben Sie wohl.

(Ohne Unterschrift.)

*

(März 1804.?)

Gewisse Dinge, wie billig, abgerechnet, hat mich
seit langer Zeit nichts so herzlich erfreut als Ihre
freundlichen Worte, lieb Günderödchen. Unter uns
gesagt, seit einiger Zeit glaubte ich, Sie wären
mir nicht recht gut mehr, und das nahm ich mir
so zu Herzen, daß alle meine Studenten behaup=
teten, sie würden mir's unfehlbar ansehen, wenn
es nicht jetzt gerade aus gewissen Ursachen ganz
unmöglich wäre, daß ich betrübt aussähe. Sogar
mein periodischer Schmerz an der rechten Hand ist
dadurch wieder aufgeregt worden.

Nun spreche ich Ihnen da von einem Schmerzen
an der Hand und Sie wissen davon kein Wort.
Was will ich machen? Das beste ist, ich thue,
als könnte Sie die Sache interessiren, was doch
gar nicht wahr ist, und erzähle Ihnen die ganze
Geschichte.

Vor einigen Jahren stand ich einmal an einem
Kutschenschlag, als gerade jemand einsteigen wollte.
Ich (wie ich denn von Natur gutmütig bin) will
helfen; eine besondere Belohnung hatte ich für

den kleinen Dienſt eben nicht erwartet, aber noch
viel weniger, daß er mir mit ſolchem Undank ver=
golten werden würde. Denn ehe ich mir's verſehe,
werde ich ſo entſetzlich gedrückt, daß ich (ich lüge
nicht, Günderödchen) viele Wochen lang nichts
gefühlt habe, als dieſen Druck. Nachher habe ich
ihn immer wieder gefühlt, ſo oft ſich das Wetter
veränderte. Ich bin bald nach jener Geſchichte nach
Sachſen gereiſt, und habe ſehr berühmte Aerzte
um Rat gefragt: die meinten, ich müſſe mich wohl
verbrannt haben, helfen könnten ſie mir nicht.

Da bin ich nun ganz abgekommen von dem,
was ich Ihnen eigentlich ſagen wollte. Ich wollte
Ihnen ſagen, daß es entſetzlich unnatürlich zugehen
müßte, wenn wir beide nicht ſehr genaue Freunde
werden ſollten. Sie glauben nicht, mit welcher
Klarheit und Gewißheit ich einſehe, daß die Natur
dieſen Plan mit uns hat, ja ſie intereſſirt ſich
ſo ſehr dafür, daß ſie ſelbſt das Schickſal gebeten
hat, alles ſo recht wunderlich und vortrefflich dazu
einzurichten: ich wollte darüber eine Abhandlung
ſchreiben, die gewiß recht närriſch zu leſen ſein
ſollte. Nur etwas iſt ſchlimm: ich ſtehe Ihnen
gar nicht dafür, daß ich mich nicht zuzeiten etwas
in Sie verliebe, und das ſoll der Freundſchaft Ab=
bruch thun. Zum Beiſpiel, es wäre nicht ohne

Gefahr, wenn Sie eine kleine goldne Uhr an einer
goldnen Kette um den Hals trügen: vor einem
weißen Schürzchen, das Sie ehemals gehabt haben,
fürchte ich mich gar nicht, denn das ist wohl schon
längst zerrissen; aber ich werde mich wohl hüten,
Ihnen den Clavigo, oder Hermann und Dorothea
vorzulesen. Durch Schaden wird man klug, Erfahrung ist die beste Lehrmeisterin, und ein ge-
branntes Kind scheut das Feuer: man spricht viel
von den Leiden des jungen Werther, aber andere
Leute haben auch ihre Leiden gehabt, sie sind nur
nicht gedruckt worden.

Eins bitte ich Sie: legen Sie die übertriebene
Bescheidenheit ab. Warum taxiren Sie sich nur
halb so hoch als Gunda? daß Sie das gethan
haben, will ich Ihnen beweisen.

Ich wiege an Vortrefflichkeit   100

Gunda   20

                          120

Also jedes von uns beiden   60

Aber im Ernst, lieb Günderödchen, ich habe ein
sehr lebendiges Gefühl davon, daß ich Ihre Freundschaft und Ihr Vertrauen haben werde, und daß
ich es auch verdiene. Zugleich fühle ich, daß wir
uns vielerlei werden zu sagen haben, ich meine
jetzt nicht zum Beispiel, wie viel Anteil ich zu

allen Zeiten an Ihnen genommen habe, sondern
eigentliche Sachen, Dinge, die außer uns selbst
liegen. Ich weiß nicht, warum ich es glaube,
aber ich glaube es.

Nun habe ich Ihnen fröhlich geschrieben, und
dann ernsthaft, und am Ende habe ich eine Empfindung, in welcher beides wunderlich aufgelöst
ist. In den Veillées du château steht eine (wahrscheinlich schlechte) Erzählung Daphnis et Pandrose;
diese Erzählung hat mich, als ich ein Kind war,
zu Thränen gerührt, und nun fallen mir auf einmal die letzten Worte ein (brisons l'autel), und
sie freuen mich wieder und rühren mich wieder
und es kommt mir doch auch wieder sehr leicht
und lustig vor. Ist das nicht seltsam? und müssen
Sie mir's nicht all noch erklären?

                                        Ihr Savigny.

                        *

                        Trages, 6. Juni (1804).

Günderödchen, Du bist ein dumm Günderödchen,
und das wollen wir Dir noch ganz anders deutlich
machen und zu diesem Behuf Freitag oder Samstag nach Frankfurt kommen; bis dahin vergeß nicht
oder vielmehr erinnere Dich daran, daß wir Dich
gar lieb haben, daß Du unser Hämmelchen bist,
unser dumm Günderödchen, und sei nur nicht

mehr betrübt, wenn Du mich siehst, vielmehr mußt
Du mir, Savigny, an den Hals springen und
mich küssen. Hast's gehört? Da schicken wir Dir
auch einigen Vorrat von Lektüre, worunter leicht
etwas Verderbliches und Schädliches sein könnte;
wir hoffen aber, daß Du durch die gesunde frische
Luft, in der Du vor kurzem gelebt haben sollst,
hinlänglich mit Mut und Kraft versehen bist, um
über alle Verführung und alles Hingehenlassen
hinaus stehen zu können. Adieu bis wir Dich
küssen.

　　　Dein Savigny und Dein Gundelchen.

Lieb Günderödchen, Du merkst wohl, daß das
dadrüben nur ein nachgemachter Savigny war
und daß jetzt erst der wahre auf Dich los geht,
um Dich herzlich zu küssen und zu drücken. Aber
ein dumm, abscheulich Günderödchen bist Du denn
doch am Schluß Deines Briefes, ein Günderödchen,
das gar nicht sagt, was es will, weil es das
selbst nicht recht weiß. Das dummste ist, daß ich
mich selbst beinahe hätte von Deiner Betrübnis
anstecken lassen. Sei gut, lieb Hämmelchen, und
erzähle mir, wenn ich Dich sehe, daß Du dumm
warst. Nächstens schreibe ich Dir eine Abhandlung über das Studium der Geschichte. Vorder-

hand vergiß nur nicht, daß die Leute, die die Geschichte der Schweizer und Franzosen geschrieben haben, Müller und Froissart heißen.

Adieu.

*

Trages, Donnerstag (1804).

Ich habe Dir nicht geantwortet, Du lieb Günde= röbchen, weil ich auf Nachricht wegen Meißen= hausen wartete, und ich antworte auch jetzt nicht, weil ich Dir etwas vorschlagen will, das alle Antwort entbehrlich macht. Du sollst nämlich Samstag morgens nach Hanau kommen, um Dich im roten Löwen hierher abholen zu lassen. Wenn Du das willst, so rede es sogleich mit der Bettine ab, an welche auch geschrieben wird, und schreibe mir auf der Stelle, damit ich den Brief un= fehlbar noch morgen abend bekomme. Versäume ja nichts, lieb Günderöbchen, denn sonst findet ihr keine Pferde zu Hanau. Sei übrigens ein gut Hämmelchen und mein Günderöbchen und hab mich lieb.

Dein Freund
Savigny.

*

Trages den 13. Juli (1804).

Es ist nicht meine Schuld, lieb Günderödchen,
daß ich Dir weder früher noch befriedigendere
Antwort auf Deine Anfrage wegen Meißenhausen
geben konnte. Ich wurde immer auf einen Amts-
verwalter von Seligenstadt vertröstet, der von einer
Woche zur andern zu kommen versprach, und heute
endlich, als ich ihn spreche, sagt mir der fatale
Mann, man müsse sich an die Rentkammer zu
Darmstadt wenden. Wenn es also noch geschehen
soll, so bleibt nichts übrig, als die Sache durch den
Herrn Schwager zu betreiben.

Ich sollte Dir neulich schreiben, wie man meine
Liebe erwerben kann. Die Bescheidenheit verbietet
mir, diese als Erwerb zu betrachten, ich muß also
allgemein reden, um nur antworten zu können.
Was außer der Vortrefflichkeit nötig ist, um so
etwas zu erzwingen, ist das rechte Verhältnis der
Selbständigkeit zur Hingebung. Ich habe Dir oft
über Mangel an Vertrauen, das heißt über outrirte
Selbständigkeit geklagt; daß sie aber jemals so
weit gehen könnte, wie jetzt, da Du auf mein
herzliches Bitten Dich nicht entschließen kannst,
hierher zu kommen — das hätte ich nie gedacht.
Ich könnte noch viel darüber sagen, wenn es nicht
bald elf Uhr wäre: aber die Bemerkung kann

ich doch nicht unterdrücken, daß Du mir auch nicht
ein einzigesmal so geschrieben hast, wie es bei
Deinem Weggehen heilig versprochen wurde, daß
Du mir bald schreiben sollst, und daß Du dem
S. sein Günderödchen bist, sobald Du selbst willst.
Gunda grüßt Dich. Leb wohl.

Dein Freund
Savigny.

*

Marburg, 29. November 1805.

Ich habe Dir versprochen, über einen Irrtum
zu schreiben, in welchem Du, wie ich glaube, sehr
tief mit Dir selbst befangen bist. Ich muß aber
dazu etwas weit ausholen.

Sobald in einem Menschen das Bewußtsein
seiner Kräfte erwacht, entscheidet sich die Richtung,
die er nach der Eigenheit seiner Natur notwendig
nehmen muß. Den passiven Naturen ist dann das
Höchste, ja das einzig Wichtige die Tiefe und
Eigentümlichkeit ihrer Empfindung, und das ist
an sich so wenig zu tadeln als die Verschiedenheit
der Gestalten oder der Anlagen. Aber die meisten
Menschen dieser Natur sind in Gefahr, das Tiefe
und Bedeutende mit dem Außerordentlichen zu ver-
wechseln, und bei vielen bleibt und wächst dieser
Irrtum immer fort. Flache Menschen werden dann

ganz geschmacklos, und selbst der Pöbel thut ihnen
nicht unrecht, indem er sie überspannt und roman=
haft nennt. Bei bedeutenderen Menschen ist der=
selbe Irrtum fast noch gefährlicher, indem er sich
bei ihnen mit der wahren Empfindung, die sie
haben, vermengt und so unergründlicher wird. So
bist Du, und daß Du so bist und bleibst, kommt
von einer Gottlosigkeit her, die Deine gute, wahr=
hafte Natur gewiß schon ausgestoßen hätte, wenn
es die sinnliche Schwäche Deines Gemüts zuließe.
Alles nämlich, was Deine Seele augenblicklich reizt,
unterhält und erregt, hat einen solchen absoluten
Wert für Dich, daß Du ihm auch die schlechteste
Herkunft leicht verzeihst.

Etwas recht von Herzen lieben, ist göttlich, und
jede Gestalt, in der sich uns dieses Göttliche offen=
bart, ist heilig. Aber daran künsteln, diese Em=
pfindung durch Phantasie höher spannen, als ihre
natürliche Kraft reicht, ist sehr unheilig. Du weißt,
welche Aeußerungen mir dabei vorschweben. Ich
verwerfe sie nicht an sich, denn jede Aeußerung,
wie jede Handlung kann in irgend einem Charakter
in irgend einer Umgebung notwendig und vor=
trefflich sein. Aber hier war es anders, davon
habe ich die deutlichste Anschauung.

Ich wiederhole es, Dein Geschmack an Schrift=

stellern, zum Beispiel an Schiller, hängt damit
zusammen. Denn was ist das charakteristische an
diesem, als der Effekt durch eine deklamatorische
Sprache, welcher keine korrespondirende Tiefe der
Empfindung zum Grund liegt? und ist nicht jene
Manier des Lebens wie diese des Dichters einem
Manne zu vergleichen, der sich und die Seinigen
zu Grund richtet, weil er einen Aufwand treibt,
den er nach seinem Vermögen nicht bestreiten kann?

Ich schreibe Dir das alles, weil ich Dir herzlich
gut bin. Du bist wahrhaft, so weit es auf Dein
Bewußtsein und Deinen Willen ankommt, Du
bist ohne Koketterie und voll Sinn für das Vor=
treffliche. Deiner Redlichkeit traue ich so sehr, daß
ganz neuerlich der bestimmte Widerspruch wahr=
heitsliebender Menschen, die ihrer Sache sehr gewiß
sein wollten, mich nicht irre machen konnte. Laß
mich noch etwas sagen, das mich betrifft. Ich
könnte mir sehr wohl denken, daß Du über gewisse
Grenzen hinaus kein Vertrauen zu mir hättest, weil
Du etwa glaubtest, ich könnte Naturen wie die
Deinige nicht verstehen. Das würde mich weder
unbillig noch gleichgiltiger gegen Dich machen. Aber
das verdiente ich doch wohl in einem solchen Falle,
daß Du mir das sagtest, daß Du mich nicht durch
den Schein eines Vertrauens täuschtest, welches ich

nicht besäße, daß Du mich nicht stillschweigend belögest. Wie meinst Du?

Adieu, Günderödchen. Schreibe mir.

Dein Freund
Savigny.

Nachschrift.

Ueber meinem Eifer habe ich versäumt, Dir etwas auf Deinen Brief zu sagen, was ich nun noch nachholen muß. Ich kann Dir nicht sagen, wie mich diese Stimmung erfreut hat, und um so mehr, je weniger ich sie erwartet hatte. Gott gebe dieser Ruhe Dauer! und wenn sie auch nicht ganz ununterbrochen sollte fortwähren können, so ist es schon sehr glücklich, daß Du sie schon jetzt hast haben können. Daß Creuzer diese Deine Gesinnung mit ähnlicher Ruhe aufnehmen wird, daran habe ich sehr Ursache zu zweifeln, aber, selbst um Deiner Liebe willen! sei Du ihm Führer und Beispiel. Du mußt fühlen, daß für ihn wie für Dich nur in dieser Stimmung Glück und Heil liegen kann, und wer wollte nicht über alles wünschen, dem Heil zu bringen, den er über alles liebt? Vor allem aber sei gegen Dich selbst auf Deiner Hut, daß nicht falsche Götter Dich abwendig machen vom wahren Gottesdienst.

*

Marburg, 19. März 1806.

Liebes Günderödchen!

Wie ungegründet der Vorwurf ist, daß ich ohne persönlichen Anteil an Dir und Deinem Schicksal in jener Sache gehandelt und gesprochen hätte, davon könnte ich sehr entscheidende Beweise geben, wenn Du mir es nicht auf mein Wort glauben wolltest.

Ich will es Dir ehrlich sagen, warum ich Dir nicht wieder schrieb. Dein voriger Brief kam mir nach der herzlichen Aufrichtigkeit des meinigen außerordentlich kalt und zutrauungslos vor. Zu gleicher Zeit erfuhr ich, daß Du in jener Sache mancherlei Dinge sehr sorgfältig vor mir zu ver= bergen gesucht hattest. Aus dem allem schloß ich, ich sei Dir mit meiner Einmischung in jene Sache beschwerlich gewesen, und ich erschien mir, Dir gegenüber, wie ein ungebetener Gast. Das war die Ursache, warum ich Dir nicht mehr schrieb. Wenn ich in dieser Ursache irrte, so will ich mich mit Freuden der schöneren Wahrheit ergeben. Du irrst gewiß, wenn Du glaubst, ich könne an Dir keinen warmen, herzlichen, persönlichen Anteil nehmen. Zu Ende April gehen wir weg. Lebe wohl und schreibe mir.

Dein Freund
Savigny.

Die in den Briefen erwähnten Personen bedürfen
keiner weiteren Erklärung. Frau von Rabenau (Seite 17)
war eine Tante Karolinens, von der in den sonst mir zu=
gänglichen Quellen nicht weiter die Rede ist. Minchen
(Seite 17) ist gewiß die oben mehrfach genannte Schwester
Karolinens. Georg Brentano ist ein älterer Bruder
der Kunigunde, geboren 12. März 1775; seine Frau
Marie spielte im Brentanoschen Kreise keine große Rolle.
Aus einem der mir vorliegenden Briefe entnehme ich
die Notiz, daß Gundel mit diesem Ehepaar eine Reise
in die Schweiz machte und dabei sich sehr unglücklich
fühlte. Sie beklagte sich über Georgs prosaische Natur,
der alles wissen wollte, nur um damit zu glänzen, aber
keine Genußfreudigkeit an den Schönheiten empfand, die
er zu schauen bekam. Klödchen (Klaudine Seite 18) ist
wohl die noch mehrfach zu erwähnende Klaudine Piautaz.
Die drei kleinen Briefe aus Trages (Seite 32—36) habe
ich ins Jahr 1804 verlegt, weil sie deutlich verraten, daß
sie aus der ersten Zeit der Ehe stammen. Diese Datirung
ist allerdings nur für den Fall richtig, daß Savigny nicht
unmittelbar nach der Hochzeit seine große Reise antrat;
da er aber erst am 2. Dezember 1804 in Paris eintraf
und vorher nur in kleinen deutschen Städten Studien
machte, kann man dafür ganz wohl die vier Monate August
bis November einschließlich in Anschlag bringen. Im
April 1806, also unmittelbar nach unserem letzten Briefe,

trat Savigny den zweiten Teil seiner großen Reise an,
die ihn nach Süddeutschland und Wien führte.

Ob alle Briefe Savignys vorhanden sind, vermag
ich nicht zu sagen. Zwar kommt in der „Günderode"
Seite 364 ff. die Stelle vor: „Savigny hat mir selbst
geschrieben, thue mir doch den Gefallen und schicke mir
gelegentlich die Uebersetzungen ins Französische, von
denen er mir gesagt und sie mir versprochen hat," eine
Stelle, die auf einen bisher unbekannten Brief Savignys
hinweisen würde. Aber in dem einzigen echten Brief
der Günderode an Bettine, der bisher veröffentlicht
worden ist (Deutsche Rundschau 1892, August, Seite
268) steht die eben angeführte Stelle ohne die Vor=
bemerkung: „Savigny hat mir selbst geschrieben", so daß
man recht wohl annehmen kann, daß diese Mitteilung
und dieses Versprechen Savignys der Karoline münd=
lich, nicht schriftlich gemacht worden sei; in einem der
unten folgenden Briefe wird Clemens geradezu als Ueber=
bringer dieser Nachricht genannt.

Die Briefe Savignys sind für die Erkenntnis seiner
Frühzeit, seines inneren Lebens überhaupt, von dem
man aus jener Zeit nicht viel weiß, von hohem Wert.
Savigny, der ernste, strenge Gelehrte, der, nach einem
glücklichen Ausdrucke von Clemens, „die Saat seiner
großen Zukunft unter einer Schneedecke von Verschlossen=
heit überwinterte", erscheint hier durchaus offen und zu=

traulich, humoristisch, in Kleinigkeiten sich ergehend, gern bereit, in die Mühen und Sorgen der Freundin sich zu vertiefen. Man wird bei der leichten Entzündlichkeit der Romantiker nicht eben gleich von einem „Verhältnis" sprechen und den schnellen Uebergang von „Fräulein" zu „Gunderödchen", von dieser Bezeichnung zu „Freund", endlich vom „Sie" zum „Du" anstößig finden wollen. So viel wird klar, daß Savigny sich zu dem begabten, schönen, eigenartigen Mädchen hingezogen fühlte und daß er diese Neigung in vertraulich neckischer, in würdig ernster Weise zum Ausdruck brachte.

Savigny beschäftigte sich in seinen Briefen nur mit der Frau, nicht mit der Dichterin. Von der letzteren scheint er wenig gewußt oder nicht viel gehalten zu haben. Die Gefühle der Frau, ihren Gemütszustand, ihr Hin- und Herschwanken zwischen Ruhe und Leidenschaft suchte er zu analysieren. Von Literarischem redete er so gut wie gar nicht. Eine Ausnahme machte das Urteil über Schiller. Während, wie man aus der obigen Stelle (Seite 38) schließen muß, Karoline Geschmack an Schillerschen Werken fand — auch eine unten Seite 174 anzuführende Stelle weist darauf hin — gehörte Savigny wie die Romantiker überhaupt zu Schillers Gegnern.

Aehnlich urteilte ja auch Savignys Schwager Clemens, der seine Schwester („Frühlingskranz" Seite 67) wegen

der „Pein" bedauert, die ihr Schillers „Aesthetische Briefe"
gemacht haben, „sie sind für eine kindliche Seele etwas
hölzern", und der in einem Briefe an Arnim „Die Braut
von Messina" ein „erbärmliches Machwerk" nannte,
„langweilig, bizarr und lächerlich durch und durch",
ganz ebenso wie sein Korrespondent Arnim Schillers
„Tell" als „unendlich unwürdig Tells und Schillers" zu
charakterisiren wagte und meinte, „ich fühle, daß in mir
ein besserer Tell sich nach Himmelsluft sehnt." An
einer andern, gleichfalls einzigen Stelle (Seite 24) geht
Savigny auf das ein, was er die republikanische Ge=
sinnung der Freundin nennt. Sicher ist, daß Karoline
im Gegensatz zu ihrer sehr napoleonisch gesinnten Um=
gebung den Kaiser als Tyrann betrachtete, und daher
nicht in die ihm in Frankfurt und anderwärts zuströmende
Begeisterung einstimmte.

Nur einmal (Seite 39) wird in diesen Briefen der
Name des Mannes genannt, der für Karolinens Schicksal
verhängnisvoll werden sollte, der Name des Philologen
Creuzer. Aber ehe von ihm die Rede sein und das
zusammengestellt werden kann, was etwa Neues über
dieses Verhältnis aus den Briefen zu entnehmen ist,
sind, um den Kreis zu zeichnen, in dem Karoline lebte,
ihre übrigen Korrespondenten zu erwähnen und deren
Briefe mitzuteilen.

Von dem Kreise junger Mädchen und junger verheirateter Frauen, in dem Karoline gesellschaftlich verkehrte, wissen wir nicht allzu viel. Unter ihren Freundinnen ist jedenfalls Lisette von Mettingh, ziemlich
gleichaltrig mit Karoline, die 1804 den Botaniker Nees
von Esenbeck heiratete, der damals teils in Frankfurt,
teils auf dem Landgute Sickershausen bei Würzburg
wohnte, die wichtigste. Sie und ihre Schwester Susanne
von Haiden, auch Lotte Servière (gestorben 1862), die
uns später noch begegnen werden, werden gelegentlich
von Bettinen, zum Teil auch als ihre Freundinnen, zum
Teil als solche, auf die sie eifersüchtig war, genannt
(„Günderode" Seite 20, 152, 196, 209). Lisette
war offenbar eine hochgebildete, fast gelehrte Frau; sie
trieb besonders viel Sprachen, übersetzte manches aus dem
Italienischen, ließ sich durch ihren Mann in die Natur-
wissenschaften einführen und bezeigte in allen diesen
Arbeiten einen unermüdlichen Eifer. Mit ihrem Gatten
lebte sie in glücklichster Ehe. Ihre Leidenschaft, die Liebe
zu ihm wird vielleicht am besten durch folgende Stelle
in einem Briefe an Karoline bezeugt:

„Ich liebe Nees unaussprechlich und täglich finde ich
die Heiligkeit seines Gemütes mit frömmerem Sinn . . .
Nees ist so unaussprechlich groß und herrlich, daß seine
Nähe wie die der Sonne versengt oder neue Blüten

entfaltet ... Die Wiege meines Geliebten, das Schloß
Reichenberg mit seinen originalen Gebirgsmassen, jeden
kleinen Fleck, der durch eine Erinnerung der Kindheit
teuer war, habe ich besucht und es wurde mir recht
heilig zu Mut und ich hätte vor Nees hinknieen mögen ...
Ich liebe ihn so unaussprechlich, Karoline, und diese
Liebe macht er mir zum beständigen Vorwurf; sie sei
nur auf Täuschung gegründet und ich würde spät oder
früh mein ganzes schönes Gebäude zusammensinken sehen;
ich solle mich beizeiten überzeugen und lieber ganz von
ihm trennen, da er doch immer schwach und krank sei."

Noch ein Stück aus einem andern Briefe derselben,
Frankfurt, 5. April 1804, sei hier angeführt, weil
es besser als ausführliche Schilderungen in den Kreis
und in die Gesinnungen einführt, in denen Karoline
lebte. Es lautet:

„Immer noch hier, lieb Günderödchen, immer
noch zu meinem und Deinem Verdruß in Frank=
furt, bald wird aber, wie ich hoffe, die Stunde
der Erlösung schlagen. — Die langweiligen Ge=
schichten dauern immer noch fort und wenn Du
es niemand erzählen willst, so muß ich Dir nur
sagen, daß wir in Sickershausen noch gar nicht
aufgeboten sind, wenn Du also bald kommst, triffst
Du uns noch hier an. Ich wollte, Du wärest
hier, liebe Line, dies könnte mir meinen hiesigen

Aufenthalt sehr versüßen, aber es kann nicht sein
und ich höre auf, mich in vergeblichen Wünschen
zu verzehren. Ich bewahre Dich treu in meinem
Herzen, wie ich Dich immer geliebt, Dein Andenken
erregt mir keine Trauer, sondern ein frohes, in=
niges Gefühl; ich bilde Dich aus in meiner Seele
und lebe doch mit Dir, wenn auch schon viele
Stunden und Berge und Wälder zwischen uns
liegen. Laß auch mich so in Deinem Geiste wohnen
und mache nicht die Trennung dadurch noch schärfer,
daß Du sie zu sehr als Trennung behandelst. Sage
mir nicht, daß ich Dich entbehren könne, weil ich
Ersatz für die Freundschaft in der Liebe gefunden.
Es ist nicht so, das weißt Du. Du hast noch
keinen Augenblick aufgehört, mir so wert zu sein,
als damals, wie ich noch außer Dir gar nichts
besaß. Nur der Unterschied ist zwischen uns, daß
ich jetzt vollkommen befriedigt bin und mein ganzes
Herz reich ist an Liebe und das Deinige noch sucht
und sehnt. Was Freundschaft Dir gewähren kann,
biete ich Dir und Nees mit treuem Herzen und
mir ist auch, als wenn Du doch nirgends anders
so zu Hause sein könntest als im Andenken an
uns. Was Liebe Dir vielleicht geben wird, er=
warte! Es ist mir sehr wohl in meinem neuen
Leben, Lina! Ich thue eigentlich gar nichts, was

man so gemeiniglich thun heißt, auch nicht einmal
sehr viel Kluges wird gesprochen und doch ist es
eigentlich das Bad des Lebensweines, der Glanz
des Jugendscheines, der mich umgibt und durch-
bringt. Es ist seltsam, daß ich so gar nicht zum
Bewußtsein meines Zustandes komme. Was ich
eigentlich an Rees liebe, weiß ich nicht — selten
besinne ich mich darauf, welch ein tiefer Denker,
welch ein origineller, genialer Geist er überhaupt
ist, am meisten ergreift mich noch seine Poesie, sein
unbefangener, kindlicher Sinn, die unschuldige
Naivetät seines Gemütes; im ganzen kann ich ihn
jedoch niemals trennen, ich liebe sein ganzes un-
geteiltes Wesen, gerade wie er so ist, zur Reflexion
über ihn und meine Liebe gelange ich gar nicht;
ich mag sie auch nicht, ich empfinde ihn und die
Liebe und mich und diese heilige Dreieinigkeit ist
ewig ungeteilt. Ich bin ein Kind geworden, Lina,
und wenn Du die heilige Kindlichkeit verstehst im
Gemüte, so wirst Du Dich recht wohl bei uns
fühlen, wenn Du bald, bald mit uns vereinigt
wirst.

Du hast meinen Klausner nicht erraten, und so
kann ich ihn Dir auch nicht erklären, recht verstehen kannst Du ihn auch jetzt nicht, vielleicht erst
nach Jahren, vielleicht niemals. Worte sagen hier

gar nichts. Betrachte ihn als eine kleine Erzählung;
wenn Du übrigens noch grübeln willst, so halte
Dich an die Grabschrift."

Die letzte Stelle bedarf einer kurzen Erklärung. Bei
den Briefen der Lisette nämlich hat sich eine Geschichte
„Von dem armen Klausner" erhalten, die die Freundin,
die zugleich selbst Verfasserin war, in einem früheren Briefe
an Karoline überschickte. Damals bemerkte sie, sie habe,
nachdem sie die Geschichte niedergeschrieben, unendlich geweint; ihr Mann „beinahe auch"; er aber habe, „weil
er durchaus nicht ertragen konnte, daß es so schloß",
die Schlußcanzone hinzugefügt. Die Geschichte selbst,
die uns in die echteste Romantik hineinführt, auch „die
blaue Blume" erwähnt, kann in diesem Zusammenhange
nicht entbehrt werden, obwohl sie zur Charakteristik
Karolinens nichts beiträgt. Aber sie zeigt vortrefflich die
Stimmungen, die in diesem Kreise vorhanden waren
und denen auch Karoline ihren starken Tribut zu bringen
hatte, wenn auch ihr Anteil wohl nicht so stark war
wie der der Freundin. Die Geschichte lautet so:

Geschichte von dem armen Klausner.

Es war einmal ein armer Klausner, der ein
still und frommes Leben führte: seine Wohnung
war eine tiefe Höhle, die rings von hohen Bergen

umgeben war, dazwischen anmutige Thäler lagen.
Ein einzig großer Karfunkelstein beleuchtete die
Höhle und erregte an den Wänden, die wie der
Boden und die Decke rings mit Purpur bekleidet
waren, einen sonderbaren, tiefglühenden Schein.
Hier wohnte der Klausner von undenklicher Zeit
her und er konnte sich nicht besinnen, wie er eigent=
lich hier herein gekommen sei. Seine Beschäf=
tigung war ein ewiges sinniges Betrachten seiner
selbst und niemals sehnte er sich nach einem Wesen
außer sich.

An der einen Wand der Höhle hing das Bild
der heiligen Jungfrau, welches einen milchweißen
Glanz von sich gab und den Klausner immer so
heilig und still ansah, daß diesem das Herz oft
zerspringen wollte vor übergroßer Inbrunst und
Liebe. Vor der Jungfrau blühte eine Blume von
himmelblauer Farbe, die von so unbeschreiblicher
Klarheit war, daß, wenn man sie eine Zeit lang
betrachtete, die Formen der Blume sich verloren
und nur ein unendliches blaues Lichtmeer die Blicke
ganz in sich einsaugte und verschlang. Die Blume
und das Bild liebte der Klausner nun ganz wunder=
bar innig, denn es war ihm, als sei er die Blume
und auch das Bild und sie beide wiederum er.
Oft sang er zu seiner Harfe ganz tiefe und ge=

heimnißvolle Lieder und alsdann dehnte sich die
Höhle aus und der Karfunkel blitzte hellere Strahlen
und sie drangen durch den Purpur und die Höhle
und der Berg sprühte dann ganz dunkelglühende
Funken. Als das Licht und das Leben nun einst
diese Funken gewahrte, da empfand es eine große
Liebe zu ihnen und es ward eine unendliche Sehn=
sucht in ihm rege, die Strahlen zu umarmen und
das purpurne Licht zu küssen. Darum drang es
den Funken nach, wo sie hersprühten und kam bis
an die Höhle des Klausners. Aber der Klausner
wollte sie nicht einlassen und flehte innig und mit
süßen Tönen; aber die Süßigkeit der Töne und
die Blitze des Karfunkels, welche hinaussprühten,
entflammten das Leben immer mehr und mehr
und es kämpfte immer stärker an gegen die Höhle
— da ergriff banges Zagen den armen Klausner,
er rang die Hände und kniete nieder und flehte
zu dem milchweißen Bilde und küßte die blaue
Blume; aber immer stärker ward das Drängen
von außen, so daß die Wände begannen zu weichen,
und ein tiefer Schmerz drang ein in die Brust
des Klausners. Sein Leben schien zerreißen zu
wollen, eine unendliche Angst überwältigte ihn,
und jedes Andringen gegen die Höhle schien gegen
sein eigenes Leben gerichtet zu sein, um es gewalt=

sam abzulösen von ihm. Plötzlich da zersprengte
ein gewaltiger Druck die Höhle und das Licht
drang ein in die heilige Stätte und ein neues,
flutendes Leben. Die blaue Blume zerfiel ent=
blättert in Staub, und das milchweiße Bild war
verschwunden und der leuchtende Stein: denn das
Licht hatte mit ihm gekämpft und ihn gewaltig
bezwungen. Der arme Klausner aber war in
bangem, ängstlichem Zagen; ein neues, fremdartiges
Leben durchdrang ihn und löste ihn ganz auf in
seinen innersten Tiefen. Sein Leben erstarb an dem
Leben und Licht, das nicht das seinige war und
er loderte auf in zwei kleine purpurne Sternchen.

Grabschrift auf den armen Klausner.

„Der fromme Klausner hat den Tod gefunden.
Es ward die reine Seele
Vom Licht befreit aus der bangen Höhle,
Daß sie, ein Sternlein, bald im Glanz verschwunden.
Nun muß das Licht, gebunden,
Weil es das keusche Bildnis wollt berühren,
Ein Klausnerleben führen,
Bis es in Fleisch und Blut aus seinen Banden
Im Angesicht des Himmels auferstanden."

*

Es mag manchem modernen Leser bei der Lektüre
dieser Novelle, bei der er zwischen dem prosaischen Haupt=

stück und der poetischen Nachschrift kaum einen wesent=
lichen Unterschied finden wird, wohl so gehen, daß er
die Schreiberin in einer Stimmung glaubt, die den
praktischen Lebensfragen und einer nüchternen, gesunden
Auffassung durchaus abgewandt ist. Dennoch muß
Lisette nicht bloß eine sehr gebildete, sondern eine durch=
aus vernünftig denkende, praktisch kluge Frau gewesen
sein. .

Unter den an Karoline gerichteten Briefen hat sich
ein sehr ausführliches Schreiben — es umfaßt im
Original vier Bogen — erhalten, das trotz seiner Länge
hier mitgeteilt werden muß, weil es zur Charakteristik
des ganzen literarischen Treibens jener Zeit höchst
wichtig ist, die volle Angehörigkeit der Schreiberin,
nicht der Adressatin, zu den romantischen Kunstan=
schauungen darthut, aber zugleich ein verständiges Ur=
teil, eine so liebevolle Versenkung in das Wesen der
Freundin enthält, daß seine Lektüre uns das Bild dieser
merkwürdigen Frau ungemein sympathisch erscheinen läßt.

(Sickershausen den 17. April 1805?).

Nicht um alles wollte ich, daß Du mich falsch
verständest, liebe Karoline, und am wenigsten über
den Punkt, welchen ich in meinem Brief an die
Heyden berührte. Tadel beleidigt Dich nie: wenn
er das könnte, würde ich um desto weniger an=

stehen ihn auszusprechen: aber er schmerzt Dich,
und sowohl darum, als auch, weil das, was ich
über Deine Schriften zu sagen wüßte, mehr den
ganzen Ton Deiner Poesie, das Bestreben Deines
Geistes überhaupt, als ein einzelnes Produkt des-
selben betrifft, war ich im voraus schwankend über
die Aeußerung meines Urteils, wie es auch über
das Drama ausfallen möchte, weil ich am liebsten
Dir das alles mündlich, wenn Du diesen Sommer
bei mir bist, gesagt hätte. — Verschwiegen würde
ich Dir es niemals haben, denn diese eingebildete
Schonung Deiner Schwäche wäre der größte Beweis der meinigen gewesen. Glaube nicht, daß ich
die Poesie Deines Gemütes verkenne; eben weil
ich sie tief empfinde und schätze, wünsche ich ihr
eine ihrem Gehalte entsprechende Form, welche
nach Maßgabe ihrer eignen Vortrefflichkeit auch
das Wesen der Poesie erhöhen würde. Deine Dichtungen erfordern tiefes, oft wiederholtes, nach allen
Richtungen verbreitetes Studium der romantischen
Poesie, um nicht ungewiß und schwankend, ihr
eigenes Ziel verlierend, und an eigner Sehnsucht
vergehend, im unendlichen Raume zu zerflattern.
Während dieses Studiums würdest Du vorzüglich
Deinem eigenen Geiste Zügel anlegen müssen, daß
er nicht unruhig und früh gesättigt den gewohnten

Weg der Produktion wandelte, ehe und bevor er
der kräftigen Nahrung genug eingenommen. Dein
poetischer Trieb müßte noch erst die Lehrjahre der
Kunst durchlaufen, ehe ihm das Meistersängerrecht
zuerteilt würde.

Ich weiß es, Dich bewog eine ungegründete
Furcht in Nachahmung zu verfallen, keine vorzüg=
lichen Dichter zu lesen, oder Du wünschest doch
zum wenigsten jede poetische Ansicht der Dinge,
welche Dir der Dichter hier zum erstenmale er=
öffnete, wieder vergessen zu können, um sie später
einmal aus Dir selbst zu produziren. Was dachtest
Du Dir eigentlich hierbei? Glaubst Du, daß ein
wahrhaft origineller Geist überhaupt und in allen
Teilen des organischen Ganzen, in diesem Ganzen
also selbst, oder nur in einzelnen Gliedern des=
selben, originell sein werde? und daß er also auch
jede von außen gegebene Idee (wenn anders ein
solches Geben überhaupt etwas anders ist als
Erwecken) auf eine ihm allein zukommende
Art in sich aufnehmen und zu seinem Eigentum
ausbilden werde. Lernen ist nicht kopiren, wenn
die Poesie, nächst dem, daß sie das innere Wesen
aller Künste ausmacht, noch insbesondere ihre
Sphäre in der Sprache hat, so muß auch die Art,
wie sie sich in dieser Sphäre bewegt, zur Kunst

gebildet werden. Die Sprache muß poetisch sein,
wie der Gedanke, der sich in ihr ausdrückt, daß
beide sich zur poetischen Kunst identifiziren. Darf
ich Dich bei dem Ausdrucke in Deinem Briefe,
daß Du Dich zuweilen erschöpft fühltest, an Deine
Abneigung gegen das Studium der Dichter, aus
Furcht, in Nachahmung zu verfallen, erinnern und
bei obenerwähntem Erforderniß der Sprachbildung,
an Deine, Abneigung nicht sowohl, als geringe
Kenntniß der Grundgesetze der Sprache? Sieh,
das ist es, was ich meine und was Deine un=
bestimmte Sehnsucht, die Du durch Bekanntmachung
Deiner Werke zu befriedigen glaubtest, eigentlich
wollte; nämlich Studium. Ueber den Druck sind
meine Meinungen vielleicht etwas strenge; mir
dünkt, niemand sollte etwas dem Drucke übergeben,
was nicht irgend eine Lücke, so klein sie auch sei,
in der Literatur ausfüllte; wenn Du dieser Aeuße=
rung die Ausdehnung gibst, deren sie fähig ist,
so wirst Du finden, daß sie alles Vortreffliche
umfaßt. Ueberhaupt, ist es denn wichtiger, poetische
Werke hervor zu bringen, oder die Poesie in sich
aufzunehmen? Nur in so fern, als das erstere
letzteres voraussetzt, darf und kann es auch eigent=
lich nur bestehen, wenn wir alle mittelmäßige
Produktionen ausschließen; dann sind es Ein-

gebungen der Kunst selbst, wovon das Genie über-
strömt, und es wird alle Motive der Kunst in
Bewegung gesetzt haben, ehe es sich dessen bewußt
und absichtsvoll wird. Aber es wird es doch,
und das Studium lehrt uns diese hohe, bewußt-
volle Zweckmäßigkeit in den absichtslos scheinenden Zügen zu bemerken. Sage ja nicht, beste
Karoline, daß Du Deine Grenzen in der Kunst
fühltest, oder sage es wenigstens so, wie Du es
sagen darfst. Mag es sein, daß Du jetzo die
Grenzen Deiner produktiven Kraft fühlst, glücklich
ist es, wenn Du die Grenzen Deiner Produktionen
genau unterscheiden kannst, aber die Grenzen Deiner
Empfänglichkeit für Poesie, Deiner Fähigkeit, die
Kunst Deinem Gemüte anzueignen und zu ver-
schmelzen, poetisch zu sein, ohne deshalb Dichterin
zu sein, diese Grenzen kannst Du nicht fühlen, weil
Deine Tendenz bisher eine andere war; und woher kennst Du die Grenzen, die auch Deiner
Produktivität gesetzt sind, wenn erst einmal Dein
Geist diese vielseitige Empfänglichkeit und An-
eignung der Poesie, der romantischen vorzüglich,
erhalten hat? Das erste Mittel, das Du hierzu
anwenden wirst müssen, ist ein negatives, nämlich
das gänzliche Ausschließen alles Mittelmäßigen aus
Deiner Lektüre. Weit besser ist es, gar nichts

Belletristisches lesen und hören, als solche Zwitter,
die nicht schlecht genug sind, um sie ganz ver=
bannen zu wollen, und die man aus Gefälligkeit
tolerirt. Hier möchte ich mit A. W. Schlegel
wünschen, daß lieber gar keine Buchdruckerkunst er=
funden worden wäre, um nicht dem Pöbel so Thor
und Thür geöffnet zu sehen, und nur Standes=
personen und Edlen den Zugang zu erlauben.
Wage es, liebste Lina, und biete den Frankfurter
literarischen Zirkeln Trotz und erkläre Dich frei
gegen alles was nicht frei ist, und der Leibeigen=
schaft zugesellt werden muß. Von allen deutschen
Dichtern dürftest Du in diesem Geiste keinen lesen
als Tieck, die beiden Schlegel, Goethe und Novalis.
Aus der Lektüre aller ihrer Schriften wird Dir
der Geist und die Meinung sowohl ihres Strebens
insbesondere, als auch ihres gegenseitigen Stand-
punktes hervorgehen. Besonders richte einmal
Deine Aufmerksamkeit auf Friedrich Schlegel, gegen
den Du, wenn ich mich recht erinnere, immer noch
ein kleines Vorurteil hast, und den ich, statt daß
ich wohl sonst geneigt war, ihn für einen etwas
frivolen Schriftsteller zu halten, jetzo als einen
wahren Verkündiger des Evangeliums und einen
Märtyrer der Wahrheit mit echter Verehrung be=
trachte. Suche doch seine Schrift: „Lessings Ge=

danten und Meinungen", zu bekommen und seine
„Europa", wovon vier Hefte erschienen sind. So
vortrefflich nun auch ohne Zweifel die Schriften
dieser Männer sind, um romantischen Sinn zu
erwecken und auszubilden, so sind sie doch weder
das einzige, noch das beste, was Dir zu diesem
Zwecke nützlich wäre, und Du müßtest höher hin=
auf in das wahre Land romantischer Poesie, in
das Mittelalter, und insbesondere der südlichen
Sprachen. Ob ich gleich hier nicht mein eignes
Urteil zu Grunde legen kann, so ist doch teils das
wenige, was ich bis jetzt von den Dichtern dieser
Zeiten kenne, teils auch und vorzüglich ihre Prüfung
und Würdigung von unsern wahren Dichtern,
deren Bestrebung ja nur die ist, uns zu dem reinen
Auffassen jener großen Meister zu bilden, hin=
reichend mich zu überzeugen, daß wir dort oder
nirgends unsre poetische Kunstbildung suchen müssen.
Und dieses zwar, indem wir die Dichter in der
Ursprache zu verstehen suchen. Wie viel Ueber=
setzungen haben wir eigentlich. Tiecks Uebersetzung
des „Don Quijote", einige Bruchstücke von A. W.
Schlegel in den „Blumensträußen", seine drei
Stücke von den Hundert des Calderon, deren
weiterer Fortsetzung das Publikum schon Schranken
gesetzt hat — dies wäre, nebst den beiden Helden=

gedichten, die Gries übersetzte, alles aus jenem un=
endlich reichen Vorrate; die englische Poesie etwa
ausgenommen, die Schlegel durch Shakespeare so
ziemlich ausgekauft hätte. Was uns aber über=
haupt Uebersetzungen, auch die besten, zu liefern
im stande sind, das fühlt man erst, wenn man
die Sonne dieser Planeten selbst entdeckt; hier
erst lernen wir verstehen, was die Sprache in der
Poesie sein kann, und was eigentlich eine musi=
kalische Poesie sei, denn hier ist es, wo sich die
innere Harmonie der Kunst mit dem Leben auch
äußerlich darstellt, und wo, wie durch Begleitung
eines musikalischen Instrumentes, die mannigfachsten
Töne sich verschlingen und ordnen und so zu einem
harmonischen Ganzen verbinden, daß es nicht schwer
sein dürfte, sie in Accorde aufzulösen und diese
in einen, den Gesetzen der Tonkunst gemäßen
Satz zu bringen. Versuche es einmal, liebste
Karoline, und lerne italienisch oder spanisch (ersteres
würde Dir wahrscheinlich weniger Schwierigkeiten
machen). Nees glaubt Dir versichern zu können,
daß die Schwäche Deiner Augen sowohl als auch
die grauen Punkte nicht verstärkt werden durch
einen nur freilich nicht übermäßig anstrengenden
Gebrauch Deiner Augen; kaufe Dir Fernows
italienische Grammatik und lese täglich eine halbe

Stunde darin; Dom Dechant oder Fichard kann
Dir leicht die Aussprache lehren; — zu schreiben
brauchst Du gar nichts. Wenn Du nur eine Woche
lang in der Grammatik gelesen hast, dann lese
einen Prosaiker, der ja auch recht groß gedruckt
sein kann, und schlage die Worte im Dictionnaire
auf; dies alles greift die Augen gar nicht viel an,
denn wenn der Satz ein bischen verwickelt ist, so
mußt Du lange dabei verweilen, um ihn zu kon=
struiren, und Du brauchst also nicht so viele Worte
weder im Dictionnaire zu suchen, noch auch über=
haupt zu lesen. Ich habe, weil ich gleich mit
Boccaz anfing, in der ersten Stunde nicht mehr
als sechs Zeilen gelesen, und gestern las ich eine
ganze Novelle von sechzehn Seiten ohne ein Wort
suchen zu müssen. Versuch es nur einmal; bedenke,
welch ein Genuß es für Dich sein würde, die herr=
lichen Italiener zu lesen, welches Dich, so wie Du
nur einmal die Grammatik inne hast, viel weniger
angreifen würde als deutsche Lektüre, weil Du bei
jedem Satz länger verweilen müßtest.

Noch eine Bedingung, auf den Weg des ewigen
Lebens der Kunst zu gelangen, ist, obgleich eine
äußerliche, doch auch von Wichtigkeit: Du mußt
Dir nämlich mehr Bücher kaufen. So manches,
was Du lesen solltest, kannst Du nicht geliehen

bekommen, oder wenn Du es auch bekommst, kannst
Du es nicht wiederholt und so in der Ordnung
lesen, wie es das Studium eines Schriftstellers
eigentlich erfordert. Du bekommst manche Bücher
geschenkt, aber nicht immer sind es solche, wenn
Du nicht gerade bestimmtes Verlangen darnach
äußertest, die Du eigentlich brauchst. Du wirst mir
einwenden, daß Dein Geld nicht zureiche, aber ich
kann Dir antworten, daß es wohl zureichen muß,
wenn Du es an etwas anderm abbrechen willst.
Verschwendet hast Du nie, das weiß ich, aber
wenn Du die Wichtigkeit betrachtest, die diese
Epoche für Dein Gemüt hat, und die wirklich nicht
kleine Stelle, die eine eigne Bibliothek derjenigen
Schriftsteller, die Du eigentlich studiren, und also
immer und immer wieder lesen mußt, in Deiner
Kunstbildung einnimmt, so wirst Du leicht manche
Punkte von minderer Wichtigkeit (gerne möchte ich
sagen, keinen einzigen, der ihm nur zu vergleichen
wäre) in Deinem Rechnungsbuche über Deine
Ausgaben finden. Lasse Dich überhaupt nicht
mehr, ich bitte Dich, in sogenannte Wohlthätigkeits-
anstalten ein; wirklichem Elende hilft ihr doch
nicht ab, denn dies liegt ganz außer eurem Kreise;
und gerade Weiber wie die Fichard werden am
ersten betrogen, weil das Elend doch im ganzen

ein gewisses elegantsentimentales Aussehen haben
muß, um ihre Aufmerksamkeit zu erregen. Uebrigens
findet sich für eine Mildthätigkeit der Art überall
Beisteuer, weil man eher jedes andre Schlimme
auf sich kommen läßt, als eine Gabe für die
Armen versagt zu haben. Das mußt Du freilich
auch überwinden können.

Ich habe Dir nun vollständig auseinander gesetzt,
was ich über die Thätigkeit Deines Geistes denke,
und es würde mich freuen, wenn ich dadurch etwas
beitragen könnte, seine Tendenz, die sich Dir nur
dunkel anzeigt, aufzudecken und zu bestimmen.
Wenn Du die Mittel, zu diesem Zweck zu gelangen, nur für wahr erkennst, mögen sie Dir
dann immerhin etwas schwierig erscheinen; ist es
doch das Höchste, was sie fordern! Sei mutig,
liebe Lina; wohl ist ein Leben ohne Liebe un-
vollständig und arm, aber vermagst Du Deine
Zukunft zu ergründen? In ihr liegt die Ergänzung
Deines Daseins verborgen. Ich liebe Dich sehr,
meine beste Karoline, und frohe Tage sollen nur
die sein, so Du bei mir zubringst!

Ich wüßte wohl mehrere italienische Bücher, die
ich gerne von Dom Dechant geliehen hätte; ich
will Dir also überhaupt diejenigen aufzeichnen, die

ich zu haben wünschte, und ihm nachher überlassen,
welche er mir gerade leihen will oder kann, dies
aber, wo möglich, immer, daß ich einen Poeten
und Prosaiker zugleich erhalte. Von ersteren den
Rolando furioso des Ariost, den Petrarca oder
den Dante (diesen wünschte ich nun freilich noch
nicht sogleich zu lesen) und von Prosa: wo möglich
noch etwas von Boccaccio, oder die Geschichtsbücher
des Macchiavell. — Das befreite Jerusalem haben
wir, auch den Metastasio könnte ich hier bekommen,
wenn ich ihn wünschte. Darf ich denn die über=
sandten Bücher wirklich als Geschenke betrachten?

Warum willst Du mir doch den Mohammed
nicht schicken? Ich bitte Dich darum, hauptsäch=
lich der beigefügten Gedichte wegen. Nees glaubt
nicht, daß Deine Brustschmerzen bedeutend seien;
er bittet Dich, nur nicht sehr gekrümmt zu sitzen,
und bei mäßiger Bewegung doch Tanz und der=
gleichen zu vermeiden, welches Du ja ohnehin
thust. Er grüßt Dich herzlich.

Lisette.

Lebe glücklich, liebes Mädchen, und komme gewiß.

Die in dem Briefe erwähnten Schriften von Schlegel,
die Uebersetzungen von Gries, gemeint sind die aus
Bojardo und Ariost, A. W. Schlegels Uebertragungen

aus Shakespeare, sind bekannt genug und bedürfen keines
Eingehens. Von den erwähnten Persönlichkeiten ist Fichard
(Seite 61), genannt Baur von Eiseneck, so nach dem
Namen seiner vornehmen und reichen Frau, geboren 1774,
ein bekannter Historiker, der seit 1798 nur seinen geschichtlichen Studien lebte, die er freilich erst ein Jahr-
zehnt später zu veröffentlichen begann. Der Dombechant
(Seite 61, 63) ist ganz offenbar Dumeiz, den schon Goethe
bei der Schilderung seiner Knabenzeit erwähnt, der dem
Larocheschen Kreise vertraut war und später dem Brentanoschen Kreise nahe gestanden haben muß. (Neuestens
hat H. Heidenheimer im Goethe-Jahrbuch Band XV.,
Seite 282 ff. über ihn gehandelt.) Er muß freilich
damals schon hoch betagt gewesen sein, da er bereits
1761 als Kanonikus erscheint. Von dem Dombechanten
ist noch in anderen Briefen Lisettens die Rede. Einmal
schreibt sie: „Sage mir doch, wie der Dombechant auf
meine italienischen Studien zu sprechen ist," und ein
anderes Mal: „Ich will mir eine ganze Stunde von
ihm erzählen lassen, wenn er nach dem letzten Glocken-
schlag wieder fortzugehen verspricht."

Der große Brief der Lisette mußte aber noch aus
dem Grunde mitgeteilt werden, weil er Karoline als
Schriftstellerin würdigt. An dieser Schriftstellerei war
das Neessche Ehepaar nicht ganz unbeteiligt. Während
die Gattin allgemeine gute Ratschläge über Schrift-

stellerwejen und Ausbildung gab, ging der Gatte mehr
auf das einzelne ein, gab der Freundin grammatische
Ratschläge und philologische Bemerkungen. Einer seiner
Briefe und zwar der über den „Mahomet", in dem
Nees ausführlich seinen Rat begründete, jenes Werkchen
„dramatisches Fragment", nicht „Drama" zu nennen, ist
handschriftlich erhalten, schien mir indessen zur Mit=
teilung nicht geeignet. Von einem andern werde hier
ein großes Bruchstück mitgeteilt, das uns einen guten
Einblick in die vielseitige Lektüre gewährt, die Karoline
wählte. Ihre Beschäftigung mit Schelling ist schon
von Bettina angedeutet; wie eindringend sie war, geht
aus dem folgenden Briefe hervor:

2. Juli 1804.

„Ich freue mich herzlich, daß Sie Schellings
Schriften lesen. Sie werden Ihnen sehr wohl=
thun, wenn Schellings Denkweise einmal in Ihnen
lebendig geworden ist. Ich schätze diese Philosophie
wo möglich noch höher als Werkzeug oder Organ
denn als System des Wissens selbst. Sie gibt
uns die zweite Seite des Sinnes und diesem da=
durch sich selbst zum Objekt. So gesellt sich zu
jedem Objekt das Element der Freiheit und die
Kunst wird wieder Organ der Philosophie, nachdem
sie durch diese zum höheren Verständnis über sich
selbst gekommen ist. Glauben Sie mit der Mytho=

logie im reinen zu sein, so lesen Sie Schellings
‚Bruno oder Ueber das göttliche und natürliche
Prinzip der Dinge‘ und mitunter im Plato, bis
Ihnen sehr warm wird. Wollen Sie noch tiefer,
so biete ich Ihnen das erste und zweite Heft des
neuen Journals für spekulative Physik von Schelling
an, das die Grundlage seines ganzen Systems enthält und sie so deutlich als möglich entwickelt.
Der höchste Punkt ist dann die Darstellung seines
Systems im zweiten Hefte des zweiten Bandes
der alten Zeitschrift.

„Ueber Naturphilosophie werden Sie Schelling
gut aus seinen Ideen, aus der Einleitung zu dem
Entwurf eines Systems der Naturphilosophie und
aus dem Aufsatz über die Elemente der höheren
Physik im ersten Bande der alten Zeitschrift für
spekulative Physik verstehen. Gelegentlich sollten
Sie auch einmal Steffens Beiträge zur inneren
Naturgeschichte der Erde lesen, wenn Sie in der
Chemie fest sind.

„Getrauen Sie sich aber auch wohl, die kritischen
Schriften Schlegels so recht in einem Zuge zehnmal
hinter einander zu lesen? Wir haben jetzt wieder
Shakespeare vorgenommen, doch treibt mich seit
einiger Zeit meine Phantasie immer südlicher.
.... Vielleicht ist es ein Zeichen von Krankheit, so eine

Art von Epidemie, oder steht mit dem Schwanken
der Erdachse in Verbindung. Ich möchte den
Calderon in der Sprache der Samojeden übersetzt
sehen oder Dante ins Englische. Die Franzosen
waren aber doch zu sehr mitten im Tadeln, über=
haupt scheint mir die Phantasie der großen Nation
im Westen auf dem Sand sitzen geblieben zu sein,
während ihre Kultur und Sinnlichkeit längs der
Bahn des goldenen Sonnengottes durch die mitter=
nächtliche Seite den heimatlichen Osten aufsucht;
ich weiß nur nicht recht, welche von beiden Parteien
Bonaparte erwählt hat."

Aber Nees, der selbst ein fleißiger Schriftsteller
war, war für Karoline mehr als ein bloßer Ratgeber
und verschaffte ihr, was ihr das Wichtigste war, da
sie nicht mit ihrem Autornamen heraustreten wollte,
einen Verleger. So erschien unter dem Schriftsteller=
namen Tian 1804 eine Sammlung „Gedichte und Phan=
tasien," die lyrisch=epische Dichtungen und einige Prosa=
stücke enthielt. Der Mahomet erschien zusammen mit
anderen Dramen unter dem Titel „Poetische Fragmente",
Frankfurt 1806. Außer diesen beiden Bändchen wurden
in den von Creuzer und Daub herausgegebenen „Stu=
dien", Heidelberg 1806, Band I zwei Dramen „Udohla"
und „Magie und Schicksal" von Karoline veröffentlicht.

Die Dichtungen der Karoline bieten teils Eigenes,
teils Angeeignetes. Zu dem letzteren gehörten Offia=
nische Nachklänge, die eigentlich in dieser Zeit als selt=
same Nachzügler erscheinen. Unter den Gedichten ersterer
Art ist die dialogische Form besonders beliebt, ein Ge=
dicht gibt sich als Teil eines Romans, ein anderes als
Stück einer dramatischen Dichtung zu erkennen; unter
die eigentlich lyrischen sind Dichtungen epischen Charakters
zerstreut. Die Sprache der Gedichte ist oft recht an=
sprechend und einfach, doch kommt auch manches Unklare
und Schwülstige vor, die Reime sind vielfach rein und
gewandt, die metrische Behandlung geschickt, doch be=
gegnen daneben ganz absonderlich unreine Reime und
metrische Härten, die nach dem sonstigen Wohlklang
doppelt unangenehm berühren. Ein rechtes System
in der Anordnung der Gedichte — man hat neuer=
dings eine chronologische festzustellen gesucht — läßt
sich nicht erkennen. Nirgends werden die flüchtigen
Gegenstände des Tages, nirgends die Politik behandelt,
Religiöses wird nur gestreift.

Das Heimatsgefühl der Dichterin, ihre Freude an
der Natur gibt sich gelegentlich zu erkennen, aber eigent=
liche Naturschilderungen werden selten versucht, mehr
die Wirkung der Natur auf das Gemüt dargethan.
Einmal verweisen die Erdgeister, wie J. Minor (Goethe=
Jahrbuch X, 224) feinsinnig ausgeführt hat, „den

Wanderer, der (wie Faust zu den Müttern) in die Tiefe
gestiegen ist, um die Natur in ihrem Werden zu be=
lauschen, auf seine eigene Seele; auch dort sei eine
Werkstatt der Natur."

Selbst die Freundschaft, die doch der Sängerin
hohes Lebensgut war, fand in ihrer Poesie keine Ver=
klärung. Umsomehr wußte sie, deren Leben Verlangen
nach Liebe und Leid durch Liebe war, von der Liebe
zu sprechen. Aehnlich wie ihr Geschick sind die Töne,
die sie anschlägt, dumpf und trübe, nicht hell und
klingend. Wohl vermag sie die Süßigkeit des Kusses
zu besingen und die Seligkeit des Genusses zu preisen,
aber da, wo dies hauptsächlich geschieht, in einer eigen=
artigen, man kann fast sagen, männlich kräftigen Be=
handlung des Don Juan=Stoffes, mischt sie die Süßig=
keit mit der Bitterniß und schließt mit dem Tode, mit
der Ermordung des allzu glücklichen Frauenbesiegers.
Mehr aber als Freude und Genuß der Liebe schildert sie
die Pein, die selbst glückliche Liebe zu erregen weiß.
Hier mag wenigstens eine Probe Gesinnung und
Fähigkeit der Dichterin beweisen, das nach meinem Urteil
schönste Lied der ganzen Sammlung, ein Lied übrigens,
das später, wohl ungerechterweise, von Helmine von
Chezy als ihr Eigentum in Anspruch genommen wurde.

Ist alles stumm und leer.

Ist alles stumm und leer,
Nichts macht mir Freude mehr;
Düfte, sie düften nicht,
Lüfte, sie lüften nicht,
Mein Herz so schwer!

Ist alles öd' und hin,
Bange mein Geist und Sinn;
Wollte, nicht weiß ich was,
Jagt mich ohn' Unterlaß —
Wüßt' ich wohin? —

Ein Bild von Meisterhand
Hat mir den Sinn gebannt.
Seit ich das Holde sah,
Ist's fern und ewig nah
Mir anverwandt. —

Ein Klang im Herzen ruht,
Der noch erfüllt den Mut
Wie Flötenhauch ein Wort,
Tönet noch leise fort,
Stillt Thränenflut.

Frühlinges Blumen treu,
Kommen zurück aufs neu;
Nicht so der Liebe Glück!
Ach, es kommt nicht zurück,
Schön, doch nicht treu.

Kann Lieb' so unlieb sein,
Von mir so fern, was mein? —

Kann Lust so schmerzlich sein,
Untreu so herzlich sein? —
O Wonn', o Pein!

Phönix der Lieblichkeit,
Dich trägt dein Fittich weit
Hin zu der Sonne Strahl —
Ach, was ist dir zumal
Mein einsam Leid?

Aber das Liebebedürfnis war so stark in ihr, daß
es sich nicht durch die trübe Lebensauffassung verscheuchen
und durch traurige Erfahrungen bannen ließ. Eine
gewisse Unbeständigkeit wird von ihr angeraten, „die
Liebe wandert, wenn sie nicht vergeht." Den mannig-
fachen Mahnungen, das Leben zu genießen, nicht in
schwächender Wollust, sondern den Tag und die Stunde
zu benützen und ihrer Gaben sich zu freuen, entspricht
das Wort: „Betrog'ner Liebe Schmerz soll nicht un-
sterblich sein."

Aber Liebe ist ihr nicht das Einzige und nicht das
Höchste; nach Schönheit und Wahrheit steht ihr heißes
Verlangen. Trotz dieses Verlangens jedoch muß sie sich
bescheiden, weil das Ewige nicht für die Menschen ist.
Daher predigen ihre Gedichte Entsagung, vergeblich
ringt sie mit aller Kraft gegen die Allmacht der Ver-
gessenheit, völlige Klarheit werde auch den Weisesten
nicht zu teil und das Wissen der meisten bestehe darin,

der Vergänglichkeit sich bewußt zu werden. Ihr eigenes Glaubensbekenntnis mögen die Worte sein, mit denen in einem ihrer schönsten Gedichte „Wandel und Treue" Narciß sich von Violetta hinwegreißt:

„Drum laß mich, wie mich der Moment geboren.
In ew'gen Kreisen drehen sich die Horen,
Die Sterne wandeln ohne festen Stand;
Der Bach enteilt der Quelle, kehrt nicht wieder,
Der Strom des Lebens woget auf und nieder
Und reißet mich in seinen Wirbeln fort.
Sieh alles Leben! es ist kein Bestehen,
Es ist ein ew'ges Wandern, Kommen, Gehen,
Lebend'ger Wandel. Buntes, reges Streben!
O Strom! in dich ergießt sich all mein Leben!
Dir stürz' ich zu! vergesse Land und Port!"

Bei dieser Lebensauffassung war die Poesie für sie das einzig Tröstende, nur durch sie gewann für sie das Leben einen Reiz. Diese heilige Bedeutung der Poesie drückte sie in den schönen Versen „An Clemens" aus, mit denen die Sammlung der Gedichte (1857) anhebt.

An Clemens.

Die Hirten lagen auf der Erde
Und schlummerten um Mitternacht,
Da kam mit freundlicher Geberde
Ein Engel in der Himmelspracht.

Mit Sonnenglanz war er umgeben,
Und zu den Hirten neigt er sich,

Er sprach: „Geboren ist das Leben,
Euch offenbart der Himmel sich." —

Auch ich lag träumend auf der Erde,
Ihr dunkler Geist war schwer auf mir,
Da trat mit freundlicher Geberde
Die heil'ge Poesie zu mir.

In ihrem Glanz warst du verkläret,
Vertraut mit der Geisterwelt,
Den Becher hattest du geleeret,
Der dich zu ihrem Chor gesellt.

Dein Lied war eine Strahlenkrone,
Die sich um deine Stirne wand,
Die Töne eine Lebenssonne,
Erleuchtend der Verheißung Land.

Der Liebe Reich hab' ich gesehen
In deiner Dichtung Abendrot;
Wie Moses auf des Berges Höhen,
Als ihm der Herr zu schaun gebot.

Er sah das Ziel der Erdenwaller
Und mochte fürder nichts mehr sehn.
Wohin, wohin soll ich noch wallen,
Da ich das Heilige gesehn?

So bedeutsam die lyrischen Dichtungen und einzelne
Prosastücke Karolinens sind, welche letztere sich von
den lyrischen eigentlich nur durch die äußere Form unterscheiden, so unbedeutend sind ihre dramatischen. Ihre
Dramen entbehren des echten dramatischen Lebens; die

Dichterin denkt nicht an die wirkliche Bühne und empfängt weder Anregung noch Beeinflussung von lebenskräftigen Vorbildern. Bemerkenswert ist höchstens, daß sie ihre Vorwürfe nicht kleinlichen Gegenständen des Tages entnimmt, sondern großen, gewaltigen Thaten; sie geht in alte, fast fabelhafte Zeiten zurück, sie wendet sich zu ausländischen Völkern, zum Beispiel den Hunnen, Mongolen, Indern und wählt bedeutende Persönlichkeiten wie Mohammed. Nur bei dem der letzteren Persönlichkeit gewidmeten Drama, ihrem einzigen in Prosa geschriebenen, freilich mit vielfach unter die Prosastücke gemischten Chorgesängen, die eine fast kindliche Unbekanntschaft mit dem Wesen des Chorlieds verraten, handelt es sich nicht oder nur vorübergehend um Liebe, sondern um das Wirken des Propheten. Sonst ist in ihren Dramen beständig von Liebe die Rede. Zweimal sogar wird von verbrecherischer Geschwisterliebe gehandelt: das einemal in „Udohla" löst sich die Sache friedlich, indem der Sultan erkennt, daß seine Geliebte Nerissa, die er für seine Schwester hielt, aber nach dem Hindugesetz, dem er sich für diesen Fall gern unterwirft, zur Gemahlin zu erheben kein Bedenken trägt, nicht seine Blutsverwandte, sondern die Tochter eines von ihm zum Tode verurteilten Verschwörers ist, die daher aus diesem Grunde nicht die seine werden kann; das anderemal stößt die Schwester den Bruder — beide Geschwister

wissen freilich nichts von ihrer Blutsverwandtschaft —
zurück, da sie seine Liebe nicht erwidern kann, und
das Ganze endet mit allgemeinem Schrecken und Mord.
Denn das für die Dichterin Kennzeichnende ist eben,
daß ihre Liebesstücke ausschließlich Liebestragödien sind,
in denen entweder der Stand oder die Verhältnisse
dem Liebespaar eine Vereinigung unmöglich machen,
oder die Leidenschaft einseitig meist nur von dem Manne
genährt, von dem Mädchen aber nicht geteilt wird.
Dennoch bleiben alle diese Schilderungen, unwirklich
wie sie sind, eindrucklos. Man glaubt nicht recht an
die Echtheit des Gefühls. Selbst Mahomet, ihr aus-
gearbeitetstes Werk, das übrigens nicht in Akte, sondern
in Zeiträume eingeteilt ist, ein Werk, bei dem man
spürt, daß die Dichterin mit ihrer ganzen Seele dabei
war, übt keine rechte Wirkung. Es ist eine Reihe von
Bildern, denen man fleißiges Studium und gewissen-
hafte Lektüre anmerkt, aber der Prophet erscheint darin
wie ein öder Deklamator. Seine Unterredungen mit
Omar und anderen gemahnen fast an briefliche Unter-
haltungen Karolinens mit ihren andersdenkenden
Freunden und Freundinnen. Daß auch hier ein Liebes-
abenteuer eingeflickt ist, in dem der Prophet am Anfang sich nicht eben sehr groß und zum Schluß, wo es
freilich zu spät ist, sehr edelmütig zeigt, macht diese
seltsame Kriegs- und Prophetentragödie, in der das ganze

ereignisvolle Leben des Religionsstifters geschildert werden
soll, nicht genußreicher.

Zwei Rezensionen ihrer ersten poetischen Versuche
wurden Karolinen sicher bekannt: die eine in der Jen.
A. L.=Ztg. 1804 Nr. 163 findet sich in einer Abschrift
in ihren Papieren.

Nees von Esenbeck, der sie ihr vielleicht besorgte,
war eifriger Mitarbeiter an der genannten Zeitschrift.
Seine meist über naturphilosophische Schriften handeln=
den Rezensionen schienen Goethe, dem damaligen spiritus
rector, nur etwas lang, sonst dünkte ihm Nees ein
brauchbarer und vorzüglicher Mitarbeiter, ja er schien
Goethe, der ihn nach Jena wünschte, „eine von den
gründenden Naturen, die wir jetzt so nötig brauchen".
Vielleicht aber war diese Rezension nicht nur von Nees
mitgeteilt, sondern von ihm geschrieben. Am 22. April
1804 nämlich sendete Eichstädt, der wirkliche Redakteur
der Zeitschrift (Briefw. ed. W. von Biedermann 1872,
S. 87), an Goethe „Brief und Rezensionen von
Nees von Esenbeck nebst dazu gehörigen Gedichten"
und am 28. April antwortete dieser: „Diese Gedichte
sind wirklich eine seltsame Erscheinung und die Re=
zension brauchbar." Dies könnte sich ganz wohl auf
Tians Gedichte beziehen. Die Rezension selbst, ** l.
unterzeichnet, hob einzelne Proben aus, tadelte die
vielen Druckfehler des Bändchens, auffallende Reim=

härten, „rauhe Wortfügung der Verse", bezeichnete die
Gedichte als zunächst für einen kleinen Kreis, nicht für
die Oeffentlichkeit bestimmt und charakterisirte die Samm=
lung folgendermaßen: „Die wichtigsten Probleme der
Vernunft, wie sie ein männlich weiser Sinn in einem
zartfühlenden weiblichen Busen auffaßt, und, von einer
warmen Phantasie unterstützt, in lebendigen Bildern
und mit harmonischen Tönen auszusprechen — sie nicht
zu lösen, sondern zu objektiviren und sich mit Erhebung
und Begeisterung in ihnen anzuschauen versucht, berühren
und umschlingen sich in derselben unter mannigfaltigen
Formen, die sämtlich mit rhapsodischer Kürze auf eine
höhere sie verknüpfende Einheit in dem harmonisch ge=
bildeten Geiste der Verfasserin hinzuweisen scheinen, aus
welchem sie, zerstreut und absichtslos, Kinder eines
Augenblicks, worin sich dem allezeit offenen Blick das
Universum mit überraschender Klarheit enthüllte, hervor=
gegangen sind."

Für das Aufsehen, das die Dichtungen machten,
pricht aber ein merkwürdiger Umstand. Kaum ein
Jahr nach der ersten Rezension lag der Redaktion
der L.=Ztg. eine zweite vor. Goethe schickte diese an
Eichstädt (2. Juli 1805, Briefwechsel S. 130). Zum
Druck gelangte sie aber nicht. Erst zwei Jahre später
(13. Juni 1807) wurde das zweite Buch rezensirt,
mit einem Hinweis auf den Tod der Dichterin. Die

Rezension besteht im wesentlichen in einer Wiedergabe des Nees'schen Briefes über den Mahomet*) und in dem Hinweis, daß die Dichterin, infolge ihres kurzen Lebens und ihrer Anlage, nicht das werden konnte, was sie werden wollte und zu sein versprach.

Die zweite Rezension über die „Gedichte und Phantasien" erschien im „Freymüthigen". Ueber sie schrieb Lisette: „Armes Günderödchen, unter Kotzebues Kritik zu fallen ist hart. Ich vermute stark, daß es ein Frankfurter eingesendet. Kotzebue ist ein Schild, unter welchem sich alle Tollheiten und alle Abgeschmacktheiten unserer Zeit sammeln. Wie beträgt man sich in Hinsicht seiner Autorschaft gegen Dich? Ich fürchte die Gemeinheit meiner Vaterstadt."

Weit stärker noch als Lisette drückte sich Clemens in einer unten (Seite 92) folgenden Briefstelle aus, die hier nicht mitgeteilt werden kann, da sie sich nicht gut aus dem Zusammenhang reißen läßt.

Die Besprechung („Der Freymüthige" 1804, 15. Mai Nr. 97) führt die Ueberschrift „Literarischer Beytrag aus Frankfurt am Mayn", ist unterzeichnet C. und lautet in ihren wesentlichen Sätzen so: „Unter den still verhallenden Tönen mögen manche zarte, reine, das Gemüt

---

*) Dieser Umstand läßt wohl darauf schließen, daß auch diese zweite Recension von Nees herrührt.

innig ansprechende sein, die unter dem Lärmen und
Getriebe des gemeinen Lebens nicht laut werden können!
— Solche sind es, welche jetzt schüchtern, und doch mit
stillem Ernste und ruhig, in Tians Gedichten und
Phantasien den Deutschen aufbewahrt werden. — Ein
schönes, zartes, weibliches Gemüt offenbart sich darin,
und erregt Erwartungen für die Zukunft, wenn es sich
nicht in Mystik und Modepoesie versitzt.

„Eine etwas alberne Anpreisung in einem öffent-
lichen Blatte, welches ein Fräulein von Günderode als
Verfasserin nannte, machte mich aufmerksam auf das
Büchelchen, ohne eben sonderliche Erwartungen zu
erregen. Ich ließ es mir kommen. Die Lektüre des-
selben zog mich, in sonderbarem Wechsel, bald an,
bald stieß sie mich ab, und doch konnte ich nicht ruhen,
bis ich sie ganz vollendet hatte. — Die Anmut und
Reinheit der Sprache, manche sehr gelungene Stelle,
manche schöne, edle Gefühle und Ideen — (obgleich
selten oder nie originelle; mancher hat Reminiszenzen und
hält sie für Originalideen!) — lockten freundlich zum
Weiterlesen, und erweckten Hoffnungen, welche wieder
wankend gemacht wurden, wenn hier und da die Verfasserin ihrem eigenen schönen Gemüte ungetreu wurde,
und ihre Ideen hinaufschraubte, oder ihre Sprache
verkünstelte; kurz, wenn sie sich beschwerlich in den
schimpflichen Fesseln der neuesten Schule bewegte. —

Möchte doch die Verfasserin die Bitte eines ihr unbe=
kannten Freundes hören, der selbst ihr Dasein erst durch
ihr Werkchen kennen, aber sie auch innig schätzen lernte,
und dem deswegen bangt vor der Knechtschaft, der sie
sich ergeben will; möchte sie in Zukunft nur dem Guten
und Schönen huldigen, herrlich, frei und fessellos in
eigener Schönheit wandeln, und die Schnürbrust wie
die Hanswurstenjacke verschmähen. Möge sie sich nie
gewaltsam heben, nie in die Tiefen einer finstern
Mystik versinken, und lieber in der ihr eigenen Sphäre
des innigen Gefühls, der schönen und zarten Darstel=
lung bleiben: sie wird desto reizender dichten, je freier
sie es thut. 			E.“

Der nüchterne Leser wird zugeben, daß diese Be=
sprechung nichts enthält, worüber sich die Verfasserin
und ihre Freundin hätten zu erbosen brauchen. Wer
vor die Oeffentlichkeit tritt, ist genötigt, ihr Urteil an=
zuhören, wenn er sich diesem auch nicht stumm unter=
werfen muß. Das Enthüllen des Namens, als eines
offenen Geheimnisses, zumal da es gar nicht von
Kotzebue ausging, wird ihm gewiß nicht als Verbrechen
angerechnet werden können. Zur Würdigung des Ur=
teils, das hier von Lisette und Clemens über die
Rezension gefällt wird, muß man freilich die stark aus=
gesprochene antiromantische Richtung Kotzebues und
seines Blattes bedenken, die ja auch in dieser kurzen

Rezension zum Ausdruck kommt; andererseits das hoch=
gesteigerte Selbstbewußtsein, das bei vielen Romantikern
bis zur krankhaften Ueberhebung sich steigerte.

Schon bei der Würdigung von Karolinens Ge=
dichten und eben noch bei der Skizzirung des Eindrucks,
den die Kotzebuesche Rezension auf den Freundeskreis
machte, wurde der Name Clemens Brentano aus=
gesprochen. Er nimmt zunächst unsere Aufmerksamkeit
in Anspruch.

Von seinem Verhältnis zu Karoline wußte man
bisher nichts weiter, als was in Bettinas schon ge=
nanntem schwärmerischem Werke und in ihrem zweiten
„Clemens Brentanos Frühlingskranz" bekannt ge=
worden ist.

Das Buch „Die Günderode" setzt einen intimen
Verkehr zwischen Clemens und Karoline voraus. Grüße
wurden sehr häufig von einem zum andern geschickt,
daneben aber ging ein regelmäßiger Briefwechsel einher.
Der Inhalt mancher dieser Briefe war Bettina: Clemens
suchte die Schwester zum Arbeiten anzuspornen, zum
Dichten anzuregen. Karoline, die diese Anstrengungen,
wenigstens soweit sie auf den Fleiß des jungen Mädchens
hinzielten, unterstützte, war ihrerseits bestrebt, das

innige Verhältnis der beiden Geschwister zu stärken und
reger zu machen, statt es zu stören. Außer um Schwester
und Freundin handelt es sich aber, soweit von Inhalt
und Ton der Briefe berichtet wird, hauptsächlich um
eine jener erhabenen Verbindungen zwischen Mann und
Weib, in denen das Vollkommenerwerden beider ange=
strebt wird. Ein Zeugnis dafür sind zum Beispiel die
Worte Karolinens an Clemens (von Bettina angeführt, Seite 84): „Immer neu und lebendig ist die
Sehnsucht in mir, mein Leben in einer bleibenden Form
auszusprechen, in einer Gestalt, die würdig sei, zu den
vortrefflichsten hinzu zu treten, sie zu grüßen und Ge=
meinschaft mit ihnen zu haben. Ja, nach dieser Ge-
meinschaft hat mir stets gelüstet, dies ist die Kirche,
nach der mein Geist stets wallfahrtet auf Erden."
Gelegentlich äußerte Karoline, daß sie Clemens seinen
Unmut und seine Laune vorwerfen wolle. Häufig
machten beide einander Mitteilungen über das eigene
Wesen und Fühlen. Clemens äußerte sich begeistert
über das Dichtertalent der Freundin, das er sehr schätzte.
„Du selber seist reges poetisches Licht und Du drängest
tief ins Gehör, der Klang Deiner Gedichte sei Geistes=
musik," läßt Bettina einmal den Bruder sagen.

Trotz dieser Seelenverbindung und der begeisterten
Innigkeit beider für einander erkennt man aus dem,
was Bettina mitteilt, eine Art Furcht, die Karoline vor

Clemens hat. Bettina schreibt einmal: „Du sagst, Du
kannst ihm nicht in die Augen sehen, weil er einen
verzehrenden Blick habe." Daher muß Bettina gelegent=
lich die Vermittlerin spielen: „Erziehe Dir ihn doch,
wie Du ihn haben willst, wie Du fühlst, daß er sein
müßte, um Dich nicht zu kränken", und Karoline ant=
wortete ruhig, die Möglichkeit einer solchen Erziehung
in Abrede stellend und an dem Bruder der Freundin
besonders tadelnd, „daß er seine hohen Anlagen all
vergeude." Aber die folgenden Stellen sind für das
Verhältnis vielleicht am charakteristischsten, wichtig und
notwendig für das Verständnis der unten abgedruckten
Briefe: Karoline schreibt einmal („Die Günderode",
Seite 340 ff.): „Clemens hat mir geschrieben. Wie
ein böser Traum sind mir manche bittere und
trübe Erinnerungen von ihm vorübergegangen, sein
Brief hat mich betrübt, weil er mir die verworrenen
Schmerzen seines Gemüts deutlich und doch wieder dunkel
darstellt; auch wenn ich ihn nie gesehen hätte, würde
mich dieser kalte Lebensüberdruß tief und schmerzlich
bewegen. Er stellt sich so an den Rand der Jugend,
als habe sie ihn ausgestoßen, wie mich das schmerzt,
wollt' er es doch anders sein lassen, lieber die ver=
gangene Zeit zurückrufen und fortleben ewig frisch, jung
und träumerisch, wie er es gewiß könnte . . . Sein
Beifall an meinen Gedichten erfreut mich, und mehr

wird es keiner." Außerdem einige Stellen ("Die
Günderode", Seite 363 ff.): "Du sagst, Du liebst
den Clemens, der Idee nach kann ich ihm auch herzlich gut sein, allein sein wirkliches Leben scheint mir so
entfernt von demjenigen, das ich ihm dieser Idee nach
zumute, daß es mir immer ein wahres Aergernis
ist . . . Es ist nur der Wille, mich selbst besser zu
ihm zu stellen, und alles, was sich immer durch seine
Briefe aufs neue zwischen uns drängt, zu überwinden,
warum ich wünsche, daß Du ihn nicht versäumst . . .
Hier hast Du seinen Brief an mich; was er von Dir
sagt, ist so aufrichtig, natürlich, innig, aber das andere
ist um so wunderlicher, daß es mir ganz seltsam vor-
kam. Ich bestrebe mich immer, wenn ich an ihn
schreibe, sehr faßlich zu sein und ganz wahr, allein es
ist, als müsse gerade dies dazu dienen, die verkehrtesten
Ansichten bei ihm über mich hervor zu bringen. Es war
mir, als ich den Brief gelesen hatte und ist mir noch
so, als ob er gar nicht für mich geschrieben sei . . .
Ich bin überhaupt nie weiter gekommen als seine Augenblicke ein wenig zu verstehen, von dieser Augenblicke
Zusammenhang und Grundton weiß ich gar nichts.
Es kommt mir oft vor als hätte er viele Seelen; wenn
ich nun anfange einer dieser Seelen gut zu sein, so geht
sie fort, und eine andere tritt an ihre Stelle, die ich
nicht kenne, und die ich überrascht anstarre, und die

statt jener befreundeten, mich nicht zum besten behandelt,
ich möchte wohl diese Seelen zu zergliedern und zu
ordnen suchen."

Der Verkehr zwischen Clemens und der Günderode
wird auch in Bettinas zweitem Buche vielfach berührt.

In einer sehr bemerkenswerten Stelle (Seite 132)
schrieb Clemens: „Sollte die Günderode Dir einen
sehr wunderbaren Brief von mir zeigen, so verwundere
Dich nicht, ich bin begierig was sie darauf spricht."
Es wäre nicht undenkbar, daß mit dieser Aeußerung
einer der unten folgenden Briefe gemeint ist: Clemens
forderte seinerseits Briefe (Seite 107 ff.) von der Günderode, die etwa an Offenheit des Ausdrucks und an Deut-
lichkeit der Gesinnung der seinigen entsprachen. Daher
war er über die zurückhaltende Sprache und die dem-
entsprechende Sinnesweise seiner Korrespondentin nicht
sonderlich erbaut. So mag die Stelle in einem Briefe
von Clemens (Seite 212) verstanden werden: „Grüße
die Günderode, sage, daß ich schreiben würde, aber ihre
Antworten sind nicht auffordernd, nicht erschließend,
sondern vielmehr abschließend. Weiß Gott, warum wir
alle aus dem Paradies des Vertrauens herausge-
worfen sind und keiner findet irgend einen Schleich-
weg dahin zurück."

Von diesen Briefen Karolinens ist bisher nichts
bekannt geworden, vielleicht auch nicht viel erhalten.

Eine Aeußerung der Günderode, die sich in dem ge=
druckten Buch der Bettina über die Günderode, soweit
ich sehen kann, nicht findet, ist recht merkwürdig, wenn
auch nicht eben sehr wahrscheinlich. Bettina läßt die
Günderode schreiben (Clem. Frühl, S. 270): „Wer liebt
den Clemens nicht? so wie er einem entgegentritt; wer
durchschaut alle Menschen, wer geht so tief in dem Auf=
finden ihrer Innerlichkeit, und was könnte man ihm
sagen, was er nicht schärfer und wahrer angefaßt
hätte! Alle Menschen berührt kaum sein Hauch und sie
athmen, als wenn sie aufblühen wollten in edlere Be=
griffe und schönere Handlungen." In einer andern
Stelle, einer Unterredung zwischen der Günderode mit
Bettina über Clemens' Wesen (S. 161), erscheint da=
gegen Bettina als die Enthusiastischere, als die alles
im Wesen des Bruders Erhebende, Vergötternde, während
auf seiten Karolinens das Kühlere, Reflektirende vor=
wiegt.

Bei dieser recht unvollkommenen Kenntnis des per=
sönlichen Verhältnisses zwischen Karoline und dem von
ihr so hochgepriesenen Dichter müssen die nachfolgenden
Briefe doppelt willkommen sein. Andererseits ist es in
diesem Fall ganz besonders schlimm, daß wir auf ein=
seitige Quellen angewiesen sind, denn die Briefe der Karo=
line an Clemens sind, außer einem vgl. unten, wenn sie
überhaupt vorhanden sind, für mich nicht erreichbar. Denn

schon nach den eben beigebrachten Notizen, noch mehr aber
aus einzelnen Aeußerungen der gleich folgenden Briefe
selbst ist ganz gewiß, daß ursprünglich viel mehr Briefe
von Clemens existirten als die wenigen, die ich vorlegen
kann. Durch welchen Zufall gerade sie aus einem größeren
Bestande gerettet worden sind, vermag ich nicht zu sagen.
Immerhin ist schon ihre Erhaltung ungemein erfreu-
lich, denn sie sind überaus charakteristisch: der erste
Brief als Vorläufer einer großen Auseinandersetzung,
der zweite als ein wunderbares Bekenntnis von Clemens'
Auffassung der Schriftstellerei, seines großen, allerdings
auf hervorragende Leistungen begründeten Selbstbewußt-
seins und seiner tiefeindringenden Wertschätzung der
poetischen Begabung der Freundin. Diesem hochbe-
deutenden Denkmal, das sich würdig den geistvollsten
deutschen Briefen an die Seite setzen darf. folgt dann
eine verwirrte, dunkle, in halbtoller Sprache ausgeführte
Unterredung zwischen Vater und Mutter, nämlich den
Briefen von Clemens und der Karoline selbst, bis dann
Clemens' wollüstige, gewaltsam sinnliche Natur im
vierten Brief zum Ausdruck kommt. Es ist kaum zu
fassen, daß ein verheirateter Mann, der im Besitz einer
angebeteten Frau sich glücklich fühlte, einen derartigen
Brief an ein junges, unbescholtenes Mädchen, das zugleich die innigste Freundin der eigenen Schwester war,
zu schreiben wagte. Andererseits ist es leicht begreiflich,

daß Karoline, über dieses Schreiben verletzt, den Briefwechsel abbrach, so daß das Empfehlungsschreiben, das
in unserer kleinen Sammlung am Schlusse der Clemens-
schen Briefe steht, nur der Nachzügler einer ehedem
lebhaften Korrespondenz gewesen sein mag. Die Briefe,
bei denen ebenso wie bei den Briefen Savignys moderne
Orthographie und Interpunktion durchgeführt wurden,
eine Durchführung, die bei der großen Willkür, mit der
Clemens schrieb, größere Schwierigkeiten bereitete, mögen
nun selbst für sich sprechen.

(Ende Mai 1804.)

Unsere Uebereinkunft der Unmitteilbarkeit
unserer Briefe an andere, bleibe feststehend, und
zwar damit ich meine Worte, die immer die Ver-
räter meines Gemütes gewesen sind, nur in Ihren
treuen und liebevollen Händen wisse, die mir die-
selben wieder ausliefert, und mir gerne Arznei
und Lebensmittel mit ihnen zurücksenden mag, ohne
öffentlich über meine Wunden zu predigen, oder
sie mir ableugnen zu wollen. Bettine hat mir geschrieben, mein Brief habe Ihnen ein Vergnügen
gewährt; dies wäre schon hinreichend gewesen, mich
zu einem zweiten Briefe zu bewegen, wenn Ihre
jungfräuliche, strenge und liebevolle Antwort mich
nicht selbst dazu verpflichtet hätte. Wie liebens-

würdig müssen Ihre Briefe für jene Menschen sein,
gegen die Sie sich ganz frei und ohne Störung
bewegen, da das, was Sie mir sagen, und wobei
doch einiges Mißtrauen die Worte beschränkt haben
darf, sich so erquickend liest, und mir einen ruhigen,
liebevollen Eindruck gewährt hat. Glauben Sie
wohl, liebe Karoline, daß wir recht gute Freunde
werden könnten, wenn Ihnen an meiner Neigung
zu Ihnen mehr gelegen ist, als an Ihrem Aber=
glauben, ich sei wankelmütig. O, wäre ich wankel=
mütig, so könnte ich wo nicht fliegen, doch schaukeln,
aber so stehe ich ewig still, und erschrecke, wie ein
Aug', das in einer Uhr eingeschlossen ist, jeder
Zahn im Rad, der kommt, schien mir Wiedersehen,
jedem der geht, habe ich traurig nachgesehen, aber
wenn ich fühlte, daß es ein Uhrwerk war, daß alle
bloß getrieben sind, daß alle fliehen, da schloß ich
das Aug', um zu ruhen, und schwor, ich wollte in
mich selbst zurückgehen und Friede haben, bis die
Uhr abgelaufen war; da sah ich mich wieder um,
gewann Vertrauen, verliebte mich in irgend eine
blanke Gestalt, und Stillstehen gab sich mir aus
für Treue, allein der Schlüssel schraubte bald die
Feder wieder ein, leb wohl Geliebte, Geliebter folge
mir, wie soll ich folgen, willst Du Dich drehend
mich zerknirschen, mit Blicken folg' ich Dir, mit

Blicken komme ich Dir entgegen. — Anschauen, weinen, blicken, wiedersehen, in Lust, in Schmerz, in frommer Liebe beten, am Himmel schwimmen, in dem Grabe sinnend wurzeln, das ist des Auges Sache, bis es bricht, und wieder wird, was es gewesen, Licht. —

Wenn ich Sie wiedersehe, und Sie halten es der Mühe wert, meine Gesellschaft nicht zu ver= meiden, so will ich Ihnen die Geschichte meines Herzens in der Zeit erzählen, in welcher sein Klopfen Sie interessirte; ich kann dies jetzt, da ich es alles erlebt habe, was damals auf mich influirte, jetzt, da ich mit Schmerzen gelernt habe, daß selbst die vortrefflichsten Menschen nur liebenswürdig sind, und daß das Liebenswürdige nicht auch nütz= lich ist, und daß ein Pflaster selbst ein Gift ist, wo Gift ein Pflaster sein könnte.

Ich habe ein Kind, einen niedlichen schönen Knaben, wenn er nicht schreit, bin ich ihm recht gut, seine große Schönheit gefällt mir besonders, wenn ich gleich eine Art von beschämter Erbitte= rung empfinde, daß so ein Kind dem Vater so gar keine Mühe und der Mutter beinahe das Leben kostet. Meine Frau grüßt Sie, sie liebt Sie sehr, und freut sich, Sie zu sehen, wenn wir nach Frankfurt kommen, welches wohl in ohngefähr

vier Wochen sein wird; diese Mutter ist sehr liebens=
würdig mit ihrem Kinde, und ihr Eheherr grüßt
Sie freundlich und bittet Sie, ihm wieder ein
paar Zeilen zu gewähren. Ihr

Clemens.

*

Gestern, liebe Freundin, habe ich Ihnen einen
kleinen Brief nach Trages gesendet, ich wußte
nicht, daß Sie schon nach Frankfurt zurück seien.
Gleich darauf erhielt ich einen Brief von Bettinen,
aus dem ich Ihre Rückreise erfahre, und es thut
mir leid, daß Sie jenen Brief nun vielleicht später
erhalten; ich sende Ihnen daher hier einige Worte,
die Sie für die Versäumniß entschädigen mögen,
wenn ich wirklich so glücklich bin, daß Ihnen meine
Worte Freude machen. Bettine versichert mich das
letzte, und ich will ihr gern so lange glauben, als
Sie selbst gütig genug sind, ihr nicht zu wider=
sprechen. Ich bin gestern Ihretwegen etwas er=
schrocken, da mir in der Buchhandlung Kotzebues
„Freimütiger" in die Hand fiel, und ich im zehnten
Maistück in einem Aufsatz aus Ffrt (Frankfurt) Ihren
Namen als Verfasserin des Tians mit breitem läppi=
schem Lobe und eben so gemeiner, sanfter Rüge aus=
geplaudert sehe. Ich kenne Sie zu gut, als daß
diese Anzeige etwas anderes als Ekel in Ihnen

hervorbringen könnte, denn der Schreiber des Auf=
satzes muß ein undelikater Mensch sein, daß er
Ihre Namensverschweigung ohne Erlaubnis ent=
weihte, und zwar in einem Blatte, welches jeder
Ladenbursche liest, besonders, da er ein Mensch
ohne Autorität ist, welches er sein muß, da er ein
Schmierer ist, und Ihre Lieder lobt, welche eigentlich
nur ein Mensch loben kann, der Sie selbst liebt
und Ihre Geschichte kennt, aber er sagt, er kenne
Sie nicht. Ueberhaupt bin ich sehr begierig, von
Ihnen selbst zu hören, warum Sie sich entschlossen
haben, Ihre Lieder drucken zu lassen, und wie Sie
die Berührung mit dem Buchhändler vermittelt
haben. Das ganze muß eine Epoche in Ihrem
Leben sein, Sie können nicht gut zurücktreten. Sie
haben die Welt zu Forderungen an Sie berechtigt,
und Sie müssen verstummen oder beweisen, daß
Sie selbst über der Welt stehen, weil Sie sich
erkühnt haben, ihr das Ihrige anzuvertrauen.
Traurig werde ich oft, wenn ich einen neuen
Schriftsteller auftreten sehe, denn es ist ein Be=
weis, daß die Menschen keine Freunde mehr haben,
und jeder sich an das Publikum wenden muß.
Liebe Karoline, wenn ich Ihnen wieder näher
komme, sollen Sie mich um eines willen lieb ge=
winnen; ich werde Ihnen beweisen, daß ich weiß,

wie man schreiben soll und muß, um es mit Ruhe
zu können und sich selbst von dem Leser und dem
Kritiker rein zu erhalten. Eben deshalb schreibe
ich jetzt beinahe gar nicht, weil ich eingesehen habe,
wie ich es muß, und noch nicht kann. Ich habe
mein Gemüt und meine Seele dahin gebracht, daß
ich mich würdig fühle, neben dem Schreibtische
und in der Werkstätte jedes großen Künstlers als
eine reine verstehende, lehrbegierige Natur zu stehen,
und meine Werke sollen, so Gott will, auch auf
dem Tische, in der Werkstätte solcher Menschen ruhen
dürfen — so ist mein Wille. Sie sollen mir
wieder vertrauen lernen, ich will Sie, wenn ich Sie
wiedersehe, von der Milde, der Billigkeit, der Bescheidenheit und Würde meiner Gesinnungen überzeugen, das ist mir ein süßer Wunsch, und soll
Ihnen ein Gewinn werden, wenn es Ihnen vielleicht
gleich jetzt noch keine feste Hoffnung ist. Mit einer
herzlichen Freude wollte ich es unternehmen, Ihrer
Muße manche würdige Vorschläge zu thun, und
Ihnen einen Teil des unendlichen Stoffes ab-
zutreten, der mir täglich zuwächst, ohne daß ich es
selbst wagen darf, ihn zu bearbeiten. Ich kann
immer noch nicht verstehen, wie Sie Ihr ernsthaftes,
poetisches Talent vor mir verbergen konnten;
thaten Sie es aus Scheu oder aus geheimer Lieb-

schaft zu diesem Talent? Doch glaube ich, Sie müssen einen eigentümlichen Weg einschlagen, um nicht auf dem Punkte stehen zu bleiben, Sie müssen sich bemühen, von der grauen Reflexion zur bunten, lebendigen Darstellung überzugehen, um sich Ihrer Anlage zu entreißen und zur eigentlichen Macht zu gelangen. Zu dieser Darstellung haben Sie sich am schönsten in Wandel und Treue gewendet, es ist dies Ihr edelstes, leichtestes, bestes Lied. Die Geschichte des Herzogs von Medina ist an vielen Orten sehr schön versifizirt, besonders verraten die Abteilungen und das Ende wirklichen Künstlersinn. Das einzige, was man der ganzen Sammlung Böses vorwerfen könnte, wäre, daß sie zwischen dem Männlichen und Weiblichen schwebt, und hier und da nicht genug Gedichten, sondern sehr gelungen aufgegebenen Exerzitien oder Ausarbeitungen gleicht; dieses erscheint besonders durch einen hie und da hervorblickenden kleinen gelehrten Anstrich, der oft nicht im Gleichgewicht mit dem Ganzen steht, zum Beispiel Worte wie Adept, Apokalyptisch und so weiter als Titel. Es ist nicht gerade, als hätte jemand eine Perrücke auf, der noch jung ist und eigenes schönes Haar hat, es ist auch nicht, als trage Amor als Perrückenmacherjunge eine solche in der Hand, denn Ihre Gedichte sind nicht jung

mit langen Locken, und nicht Liebesgötter, aber
es ist als hätte ein moderner Weiser ein paar antike
weissagende Tauben gefunden, ihnen die Augen
ausgestochen und sie in seine Perrücke gesetzt, denn
Ihre Lieder sind lauter tiefsinnige, weissagende
Turteltauben. Einige Lieder gleichen Ueberjetzungen
aus dem Französischen, zum Beispiel Ariadne auf
Naxos. Doch Sie werden böse, aber ich weiß
auch nichts Böses mehr; schön, vor allem schön
leuchtet Ihr großes Talent zur Versifikation hervor, Sie haben einigemal die passendsten Silben=
maße getroffen, und ich wiederhole es Ihnen: vor
allem leuchtet Wandel und Treue hervor, es ist
ein Gedicht, das des größten Künstlers würdig ist.
Ihre Prosa ist klar, gedrängt und bescheiden, und
Sie werden in ihr dazu gelangen, daß man einstens
fühlen wird, Sie hätten nur sich selbst, und nichts
anderes gelesen. Timur ist unter diesen prosaischen
Aufsätzen der schönste. — Nun wende ich mich von
Ihren Kindern und rede die liebenswürdige Mutter
selbst an. Liebe Karoline, hätten keine anderen
Menschen zwischen uns gestanden, hätten Sie sich
mir ganz erklärt, es würde nie eine tote Epoche
in unserer Bekanntschaft gewesen sein! ich habe
um unserthalben selbst die Gundel mir verhaßt
werden sehen, denn ihre Kuppelei und Gelegenheits=

macherei hat für mich unsere erste damalige Berührung verunadelt, und ihr Jesuitenwesen hat sie
nachher erstickt. Aber das letztere danke ich ihr,
sie hat etwas sehr Gutes gethan, ohne es zu wollen,
denn nun kann ich mich wieder neu und schöner,
würdiger mit Ihnen verbinden. Daß dieses mein
aufrichtiger, herzlicher Wunsch ist, sollen Sie sehen,
wenn wir wieder zusammen kommen; wir wollen
dann von der Kunst, unserem Mut und Bemühen
zu ihr, unseren Irrtümern und Fortschritten reden,
wir wollen uns jene höhere, eigene Welt, in welche
wir getreten sind, bevölkern und keiner soll dem
andern ein vertrautes Wort, einen ernsten oder
scherzhaften Gedanken erlassen. Und können Sie
wohl hiezu Mut haben, oder sich gar darauf freuen,
wenn ich Ihnen sage, daß ich mich auch nicht um
ein Haar verändert habe, daß ich mir alles be-
wiesen sehe, was ich dunkel fürchtete, oder worauf
ich hoffte, und daß an die Stelle aller meiner
Ahndungen, Erfahrungen, und neben diesen wieder
eine neue Summe von Ahndungen getreten sind,
die ich wieder erfahren werde. Unter diesen Ahndungen nun, die mir oft als heftige Wünsche erscheinen, ist auch die, Ihre Freundschaft und Mitteilung auf längere Zeit und in ungestörterer Weise
als einst zu besitzen.

Sophie freut sich nicht weniger, als ich, Sie zu
sehen, und ich glaube, Sie werden sie lieben. Sie
ist die gesundeste, kräftigste Natur, die ich kenne,
und würde manches Stuben- und Stadtwetter von
Ihrer Seele ableiten. Eine rechte Freude ist es,
zu sehen, wie diese Frau vierzehn Tage nach einer
sehr gefährlichen Niederkunft vier Stunden lang
die beschwerlichsten Berge mit mir beklettert und
mich immer zurückläßt. Meine Frau ist ein tüch-
tiges Weib, an Leib und Seele gesund, und mehr
noch rüstig, gewandt, und bis zur Kunst an beiden
gelangt durch Anlage, Lust und Uebung; wenn
man sie auf den Kopf stellt, fällt sie immer wieder
auf die Füße. Es macht mir oft einen großen
Spaß, daß sie bei mir ist, sie ist ein allerliebster
Kamerad, wenn sie vergnügt ist. Mein Kind gefällt mir im ganzen sehr wohl; wenn ich es in
den Händen habe, habe ich eine große, geschwätzige
Freude an ihm; es recht mit allem Apparat zu
lieben, wage ich nicht, denn es wäre im stande
und packte diese Liebe ein und ginge mit ihr in
die andere Welt. Heute nacht noch hat mir geträumt, Goethe sei gestorben und ich habe mich
im Schlaf beinahe blind geweint, und ich habe
Goethen doch nicht so lieb, als diesen Eulenspiegel.
Vorzüglich freue ich mich darauf, mein Kind von

anderen Leuten herzlich geliebt zu sehen; wenn Sie,
oder Bettine, oder die Jung eine rechte Liebe zu
ihm gewinnen könnten, das könnte mich im Hintergrunde rühren und entzücken. Ich bin nun so,
unmittelbar kann ich mich nicht erfreuen, nicht
betrüben, ich muß mich gleich mitteilen, oder ich
muß mich mitgeteilt sehen. — Dies wäre ein Punkt,
von dem sich ein Wörtchen sprechen ließe, aber ich
will mich kurz fassen, und nur sagen, daß ich fühle,
mit meinem Herzen, meiner Ansicht, und sogar mit
allen meinen Manieren zufrieden und glücklich sein,
ja alle meine Umgebung erfreuen zu können, wenn
diese Umgebung mich herzlich liebt und teilt, wenn
sie absichtslos, unverschlossen, und nicht selbstisch ist.
Jeden Menschen, der sich durch Andere und Umstände
von mir gewendet, werde ich wiederfinden; ich werde
Sie wiederfinden, liebe Freundin, meine Frau habe
ich wiedergefunden, das sind mir teure und beruhi-
gende Bürgen für die Wahrheit meiner Neigung;
alle Menschen, die ich durch sich selbst und durch einander verloren habe, mögen mir verloren bleiben, S.
und seine Frau können mir nie wieder nahe kommen;
S. hat mich unwillkürlich seit lange mißhandelt, es
ist Schicksal, ich ehre unsere Trennung, Gundel aber
ist mir durch ihre Natur zuwider, das ist Natur,
und unsere Trennung ist mir durch diese heilig.

Bis jetzt weiß ich noch nicht, wo ich meine Heimat finden werde. Ich möchte gerne meinem Vaterlande nah oder auch in meinem Vaterlande wohnen, aber die Teuerung! Alles andere ist in Frankfurt für mich beinahe besser als sonst wo, und auch für Sophien, welche Gesellschaft und Vergnügungen bedarf, denn ihr Element ist Freude, und in der Freude ist sie auch wie ein Kind, und oft wie ein Engel. Wenn ich nach Frankfurt komme, wollen wir alles das überlegen, und Sie sollen ein Ratgeber sein; doch sprechen Sie nichts davon gegen die Meinigen, die ich mehr lieben muß, als es ihnen selbst begreiflich ist, denn diese Leute sind bloß deswegen ruhig, weil sie nicht wissen, wie liebenswürdig sie mit einander sind. Antworten Sie mir doch bald, und grüßen Sie Ihre Schwester von mir, wenn Sie ihr schreiben.

Samstag den 2. Juni 1804.

Ihr Clemens.

Den Brief nach Trages schickte ich den Mittwoch ab.

*

(Heidelberg 1805.)

Ich habe eigentlich immer so viel zu sagen, daß es kaum der Mühe lohnt, zu schreiben, es wird so doch nichts gefördert, und überhaupt ist es die

Frage, ob der, welcher wirken will, nicht gerade derjenige ist, dem es am nötigsten thut. Aufrichtig, liebes Kind, Du hast bis jetzt nichts und alles von mir verstanden, alles, wenn Du mir vertraust, nichts, wenn Du etwas von mir erwartest. Das will ich Dir noch auseinandersetzen in späteren Zeilen dieses Briefs, wenn er mehr Erfahrung und ein ernsteres Ansehen erhalten hat, es sei dann, daß Gott ihm das Ziel seines Lebens in früheren Zeilen stecke. Vor wenigen Minuten war es vier Uhr des Morgens und die Sonne ist soeben aufgegangen, und ich bin aus wunderlichen Träumen von Vorzeit oder Zukunft seit vier Uhr erwacht. Es ist schönes Wetter, der Himmel ist rein, es ist kühl, doch so frisch nicht, daß es mir auch nur eine Thräne auspresse. Ich bin gestern früh zu Bett gegangen, habe sieben Stunden geschlafen, ich bin ein gesundes Kind und das Leben scheint mich begünstigen zu wollen; sieben Stunden ist hinlängliche Zeit, unter dem Mutterherzen der Natur zu reifen. Ach, wie erfreut mich die Sonne, sie bringt so freundlich über den grünen Bergen hervor, und das Thal vor meinem Fenster erwacht in bunten Beleuchtungen — was wird für ein lustiges Spiel auf dieser freudigen Bühne gespielt werden! Unter meiner Aussicht blinken die Dachknöpfe im

jungen Licht wie Kinderraſſeln, und über meinem
Fenſter ſitzt ein Vögelein und ſingt ſo kindiſche
Lieder; ich höre ſo gern zu, wie es ſingt, und
möchte auch ſo ſingen. Wenn ich groß bin, will
ich auch auf den Dachſpitzen ſitzen und ſingen, und
ſo im Sonnenſchein blinken, und ſo zarte Blätter
haben und ſo ſchöne Geſtalt, wie die Blumen an
meinem Fenſter. Ach, wie duften dieſe Roſen ſo
ſüß, aber das Vögelein ſingt doch ſüßer, ich höre
auch keinen Laut von den Blumen, ich rieche das
Vögelein gar nicht. Was werde ich ſein, ſo ein
Vögelein oder ſo eine Blume? ach, was werde
ich ſein?! O falſches Vögelein, da fliegſt du fort,
in die Höhe ſteigt dein Lied mit dir, du liebſt mich
nicht, verſtehſt mich nicht, du fliegſt hin zu der
Sonne, die werd' ich beſſer verſtehen, die wird mich
auch beſſer verſtehen; ich fliege dir nach, aber dann
werden die Blumen nicht mitkönnen, und die Dachknöpfe auch nicht. Wer weiß, ich will es probiren;
kommt Blumen, kommt mit in die Höhe! Ach, ihr
gebt mir keine Antwort, ihr könnt wohl nicht,
oder ihr wollt nicht; ja, ihr bewegt aber auch
die grünen Flügel nicht geſchwind genug, da weht
ein kühler Luftſtrom herüber, ihr bewegt die Blätter
ſchneller, ich will euch losmachen, ihr ſeid an-
gewachſen; da breche ich die Blumen, und ſie

bewegen sich gar nicht mehr, ihr seid noch zu
schwer, ich rupfe die Blätter aus, die nimmt der
Wind mit, aber zur Erde. Ach, wie heiß ist die
Sonne, wie hat sie ihre Stelle verändert; mein
Vögelein fliegt weit hinaus, über den grünen Berg,
wer mag dort sein? Dort können die Blumen
vielleicht fliegen. Alles, alles ist anders um mich,
um mich bekümmert sich nichts. Wie viel ver=
gebens habe ich nun schon gewollt, es geht alles
seinen Gang, und hängt doch zusammen und thut
mir doch weh, und liegt so nah und fern um mich
und thut mir doch wohl, und die Sonne oben
drüber wie herrlich, wie himmlisch, wie einzig! Ach,
wie ist es so schön, wie ist es so ewig gegenwärtig,
aber mein Vögelein ist verschwunden, meine Blumen
sind gerupft; es ist närrisch, ich habe, glaub' ich,
nur von ihnen geträumt, denn ich sehe sie ja nicht.
O, wehe mir, wie ist das? Da fliegen andere
Vögel vorüber, viele, viele, da fliegen Wolken am
Himmel hin, und all der Glanz verschwindet,
da ist wieder alles vorbei. Vorbei? was ist das,
vorbei? Es kann nichts vorbei sein, ich war nie
vorbei, o wunderliches, banges Wort Vorbei, dich
kann ich nicht begreifen; ach, die Sonne, wird sie
wieder kommen, wird es wieder hell werden, wird?
Was wird? nichts wird, vorbei, und werden, o

ihr wunderbaren, seltsamen Gedanken, ich denke
nur an das Vögelein, das nicht da ist, und, o
Himmel, da kommt die Sonne wieder, ach, da ist
sie wieder! Was ist das, nun ist sie da, nun frage
ich nicht mehr: wird sie wieder kommen? O, alle
ihr Dinge, die ich sehe, sagt mir, was ich soll, o du
mein Vorbei, sage mir, was ich werden soll; da
sinne ich und weiß nicht mehr, ob ich auch ein
Vorbei habe, und ein Werden; o große Herzensangst,
ich will mich dir zu eigen geben, herrliche göttliche
Gegenwart, alles will ich thun, was ich thue,
alles lassen, was ich lasse, o du hast mich gefangen
genommen, unendliches Leben, und allem gebe ich
mein Leben mit, und mein Lieben, was mich an=
blickt, was mit mir ist, alles bin ich, was ist. Da
kömmt Mutter und Vater herein, und sprechen
mit einander, und sagen wunderliche, ängstliche
Sachen. Die Mutter ist Dein Brief, Günderödchen,
und der Vater ist der meinige, den ich vorher
schrieb, ich lasse meine Spielsachen liegen und höre
ihnen aufmerksam zu. Hast Du gehört, spricht die
Mutter, was das Kind für fliegende wechselnde
Gespräche führt; es ist Zeit, daß wir es zur
Schule anhalten, daß es diese Phantasien um
nützlichere Dinge vertausche, ich habe erfahren,
wohin solche sorglose Nachlässigkeiten des Denkens

führen. Der Vater: Gut, recht gut, ach Du liebes Weib, Du bist zu ängstlich, wo soll alles das endlich hinaus, fragst Du immer, wo kommt alles das her? — aber da ist es, da — ich habe Dich herzlich lieb, recht lieb und frage nicht woher, wohin, wir sind noch nicht verhungert, ich war viel ärger als dies Kind, viel lebendiger und bin doch Vater geworden; laß das Kind leben, und quäle es nicht mit Pflichten, die es nicht verstehen, die nicht da sind. Sieh, wie ihm der Frühling das Herz anhaucht, wie es lebt, faßt, trennt und verbindet, laß es leben und wolle es nicht brauchen. Wir sind alle von heut, wenn wir leben, morgen sind wir nicht mehr und gestern waren wir nicht. Mutter: Ich fühle nichts bei Deinen Worten, ich denke, Du ängstigst mich, ich kann den Grundton nicht in Dir verstehen, ich begreife nur einzelne Momente Deiner Rede, Deines Wesens. Vater: Einzelne Momente? Gibt es mehr als einzelne Momente, verstehst Du einen Moment, so verstehst Du alles, denn alle Momente gehen nach denselben Gesetzen vor. Ich will Dir sagen, liebes Weib, Du hast etwas einen Narren an der Erbsünde gefressen. Mutter: Das verstehe ich nicht, Du wirst bitter, soeben hatte ich Dir vertraulich zugehört, und wollte Dich lieb-

haben, da entwich eine von den vielen Seelen, die
Du haſt und mein Vertrauen kehrt nicht wieder
zurück, Du haſt das Kind vor die Thüre geſtoßen.
Mann: Kinder ſind artig und lieb, ihre Sünden
ſind Kindereien und ihre Tugenden ebenſo, aber
Du liebſt die Kinder nicht, das haſt Du ſoeben
gezeigt, wo ich des Kindes Partei nehmen mußte,
Du liebſt mich auch nicht und haſt mich nie geliebt,
denn Du verſtehſt die unendliche Kinderei nicht,
Dein Vertrauen iſt kein Kind geweſen, wenigſtens
kein artiges Kind, es wollte immer etwas werden
und ſprach oft ſo altklug, und konnte nicht ſpielen,
und wollte vertrauen und auch nicht vertrauen, und
fing dann an ſehr zu ſchreien, und manches zu
begehren, was es nicht wollte und es ſtellte ſich
an, als wollte es nicht, wozu es doch Luſt hatte,
ſolche Kinder gehören vor die Thüre, aber man
läßt ſie nicht draußen ſtehen, ſondern wenn ſie
artig ſind, kommen ſie wieder herein, und ſind neu
geboren, denn nur der Moment lebt, wenn ſie
aber broßen und ſtehen bleiben wollen, ſo kann man
ſie ohne Ekel nicht zwingen, ſo ſind ſie geſtorben
und man iſt traurig um ſie, bis ſie anderwärts
wieder aufblühen in anderer Geſtalt und das thun
ſie ſchon im nächſten Momente. Mutter: Ich
werde alle Deine vernünftigen Ratſchläge befolgen.

Vater: Ich, o du Gott, ich und Ratschläge, wahrlich der Frühling ist ein göttlicher Ratschlag, ob er
vernünftig ist, weiß ich nicht, aber er paßt sehr
gut in seine Jahreszeit, der Frühling. Mutter:
Du gibst dem Kinde ein böses Beispiel, Du wirst
selbst ganz kindisch. Vater: Ich werde, werde
in meinem Leben nichts, ich bin des Kindes Vater,
und Du Mutter, komm in den Frühling, komm
zu unseres gleichen — Hier nahm mich der Vater
und spielte Ball mit mir zwischen Himmel und
Erde, daß ich wechselnd in schnellen Flügen und
Fällen in allen Punkten des Frühlings gegenwärtig war und dazu sang er, wie ich ihm alles
wieder erzählen sollte, meine Mutter war dabei
immer um das Leben ihres Kindes besorgt. Freilich,
sagte er, hast Du Ursache, denn wenn Dein Kind
Zutrauen so eigensinniger Natur ist, sich vor der
Thür wohl zu befinden und nicht wieder herein
zu wollen, so wäre es möglich, daß dieses den
Hals breche und auch vor die Thüre müßte, aber
sorge nicht, es ist meiner Art und wird es ver-
tragen lernen, ihr Weiber seid nie recht gegenwärtig,
ihr habt nie etwas Gutes, so lang ihr immer guter
Hoffnung zu bleiben Lusten habt. — Ich war sehr
begierig, was meine Mutter antworten würde, sie
stand still und rührte sich nicht, und liebte mich

nicht, und sich nicht, und den Vater nicht und
den Frühling nicht, sie konnte alles immer so
schlecht machen, als sie gerade Lust hatte, um es
zweckmäßig zu machen. Da sprach der Vater zu
ihr, indem er mich in Frühling trunken und klug
in Freuden zu ihren Füßen zwischen die Blumen
hinlegte, willst Du dies Kind, oder willst Du
das andere vor der Thüre hereinrufen. O Weib,
sieh! nicht wie die Städte hinter Dir brennen,
werde nicht zur Salzsäule. Sprich, Mütterchen,
sagte ich, damit wir nicht scheiden, denn ich laufe
dem Vater nach.

(Der Schluß fehlt.)

*

(1805.)

Gute Nacht! Du lieber Engel! Ach, bist Du
es, bist Du es nicht, so öffne alle Adern Deines
weißen Leibes, daß das heiße, schäumende Blut
aus tausend wonnigen Springbrunnen spritze, so
will ich Dich sehen und trinken aus den tausend
Quellen, trinken, bis ich berauscht bin, und Deinen
Tod mit jauchzender Raserei beweinen kann, weinen
wieder in Dich all Dein Blut und das meine in
Thränen, bis sich Dein Herz wieder hebt und Du
mir vertraust, weil das meinige in Deinem Puls

lebt. — O, wenn Du mich kenntest, Du würdest
den Mut verlieren, mich zu lieben, den Du nicht
fassen kannst, da Du mich nicht kennst. — Ich
weiß so unendlich viel, daß es mir das Herz zer-
sprengt, es zu sagen, aber sprechen ist ein lang-
sames Totmartern und lägst Du nur eine Nacht
in meinen Armen, so solltest Du Dir meine Liebe
an Deinen warmen Brüsten ausbrüten, und Du
wüßtest alles, was ich weiß, und brauchtest nicht
mehr zu erschrecken, über alles, was ich sagen
darf, weil ich will. Wahrhaftig liebes Kind, die
Jugend ist zart und man kann nicht mit ihr
sprechen, die Jugend soll vom Leben lernen, o Du
liebe Jugend, warum darf ich Dich nicht lehren,
nicht wahr, Du liebst mich nicht? Ja, das thun
die Leute, thue Du es auch, denn Du glaubst wohl
auch, was die Leute wissen ist bös und das Ge-
heime gut. Es mag Dir wohl wunderlich werden
bei diesen Worten, denn Du magst allerhand, was
man nicht soll, o ihr armen lieben zweibeinigen
Engel in der Hölle und Du, Günderödchen, im
Fräuleinstift, was habe ich euch so lieb, ihr Teufel
und ihr Engel, mein Herz ist keine arme Seele.
Alles das schreibe ich in einem süßen, drehenden
Rausch, die Mondnacht und der Frühling haben
sich nicht gescheut, vor meinen Augen das süße

heilige Liebeswerk zu vollbringen und damit das
Bewußtsein solcher Wollust nicht verloren gehe,
haben sie das Seufzen ihrer Liebe an dem Echo
meines Busens gebrochen, und wie sie sich um-
armten, verwandelten sie sich in eine goldene, süße,
bittere, wollüstige Schlange, die mich mit den lebendigen, drückenden, zuckenden Fesseln ihres Leibes
umwand. So saß ich am Berge und sah ins
weite Thal, das sich wie ein leichter Berg auf
mein Herz warf und da riß ich die Kleider von
mir, daß die Umarmung keuscher sei, wie der Blitz
schnell und elektrisch, biß mir die goldene Schlange
ins Herz, und ringelte wie in gewundener Lust
an mir herauf, sie vergiftete mich mit göttlichem
Leben und in mir war ein anderes Leben, es zieht
mir mit ergebendem Widerstand durch Adern und
Mark, und die Schlange zog durch die Wunde
nach, und ringelt sich jetzt freudig und liebend um
mein Herz, es ist zu viel, was ich habe. Drum
beiße ich mir die Adern auf und will Dir es geben,
aber Du hättest es thun sollen und saugen müssen.
Oeffne Deine Adern nicht, Günderödchen, ich will
Dir sie aufbeißen. O ich bin ein arabisches Roß,
warum nicht, wenn ich Dich hier hätte und Du
solche Hochzeiten feiern sähest neben mir, so sollte
Mondnacht und Frühling uns das Echo sein, das

ich ihnen war. (Wenn Du mich nicht verstehst, so schreibe mir es, damit ich nicht mehr schreibe.)

Schreibe mir recht vernünftige Briefe, lieber Engel, und wenn Du mich lieben kannst, so thue es, kein Tropfen solchen süßen Weins soll verloren gehen. Ich trinke Deine Gesundheit mit jedem Blick, den ich in den Frühling thue und jeder meiner Gedanken an Dich ist eine Gesundheit, die ich dem Frühling zutrinke. Wenn Du lieb bist, muß ich Dich ja lieben, das ist der Liebe Wesen, mein Wesen und Dein Wesen. Lebe wohl, und habe den Mut, nur darum zu weinen, daß Du nicht bei mir bist im Fleische, sondern nur in Gedanken, denn beide sind eins und nur im Abendmahl genießen wir den Gott, denn alles Wort muß Fleisch werden, auch dies Wort der Liebe.

Clemens Brentano.

Was macht der Brief für eine Wirkung auf Dich, liebes Günderödchen, ich fürchte immer, Du stellst Dich klüger oder dümmer an, als Du bist, sei doch kein Kind, mein Kind, und verstehe zu leben, das heißt, bekümmere Dich nur um Gott.

*

(Ende 1805.)

Herr von Rothe, ein dänischer junger Herr von
Stand wünscht Fräulein von Günter-Rothe, eine
deutsche junge Herrin von verStand kennen zu
lernen.

Liebe Freundin!

Der Ueberbringer dieses Briefs ist so weise, so
höflich, so delikat, so gesittet, so gereift, so gelehrt,
so reich, so so so wie ich es zu Zeiten zu sein
verdiente, ich habe nichts von ihm voraus, als daß
ich Sie kenne und verehre, das erste aber nicht
immer wert bin und das letzte nicht aus freiem
Willen thue, sondern daß ich mich dazu gezwungen
fühle, und wenn ich Sie noch einmal mit Augen-
brauen von berußtem Kork, wie in Trages sehe,
so bin ich verloren, was ich immer in Ihrer Nähe
bin, das heißt es bleibt mit und ohne Kork beim
Alten. Ich wünsche recht sehr, daß Sie die Briefe
zwischen Gleim, Heinse u. Müller herausgegeben von Körte 1806 lesen. Diese herrlichen
Briefe sind ein schöneres Bild als Heinses Arding-
hello; bitten Sie es sich doch von irgend einem
Buchhändler roh aus und lassen es sich vorlesen,
denn leider ist das herrliche Buch sündteuer, aber
Sie müssen es lesen, Sie müssen mir die Freude
machen, daß ich Ihnen diese angenehmen Stunden

verschafft habe. Auch bitte ich Sie, wenn Sie es bekommen können, zu lesen Horribunda, ein Schauspiel, Berlin bei Maurer 1806, es ist sehr kurz, aber das witzigste, gehaltenste und genialste, was ich lange gelesen, der Verfasser heißt Elogius Meier. Arnim läßt Sie grüßen, und fragt Sie nebst mir, ob Sie uns gar nichts für den zweiten Band der Volkslieder verschaffen können, durch Ihre Freunde. — Haben Sie noch keine Gelegenheit gehabt, den Herrn von Fichard wegen seiner alten Gedichte zu erinnern? Wo hält sich Nees jetzt auf, ist er auf dem Land, so möchte ich ihn zum Liedersammeln auffordern! Letzteres melden Sie mir doch, wo nicht, daß Sie mir wohl wollen, liebe, liebe Seele.

Clemens.

Zum Verständnis der vorstehenden Briefe ist folgendes zu bemerken. Clemens hatte sich am 29. November 1803 verheiratet und wohnte mit seiner Frau, der Dichterin Sophie Mereau, in Marburg. Dort wurde ihm schon am 13. Mai 1804 ein Knabe geboren, der, wie auch die späteren Kinder dieser glücklich-unglücklichen Ehe, frühzeitig starb. Von Marburg aus ging Clemens mit seiner Frau nach Frankfurt, um den Seinen Frau und Kind vorzustellen, dann nahm er

seinen Aufenthalt in Heidelberg. Unter den in den
Briefen erwähnten Bekannten ist die Jung=Marianne,
die später die Gattin Willemers wurde, auch eine der
vielen, die Clemens besang, liebte oder wenigstens zu
lieben vorgab. S. (Seite 99) ist natürlich Savigny
und Gundel seine Frau. Der tiefe Gegensatz, der sich
nach und nach zwischen Clemens einerseits und seiner
Schwester und seinem Schwager andererseits trotz der
früheren Freundschaft herausbildete, war bisher mehr
geahnt als wirklich gewußt. Bettina hatte in den von
ihr herausgegebenen Briefen diesen Gegensatz verschleiert;
für uns lag kein Grund vor, auch selbst die heftigsten
Ausdrücke dieses Widerwillens zweier so grundverschie=
denen Naturen zu unterdrücken. Das Recht war gewiß
auf Savignys Seite und nicht ihn und seine Gattin
schändet die heftige und erbitterte Art, in der Clemens
über sie urteilte. Die sonst von Clemens genannten
Personen sind uns entweder gut bekannt, wie Necs,
oder wenigstens schon gelegentlich genannt, wie Fichard
(oben Seite 113).

Die Antwort Karolinens auf den Seite 91 ff. mit=
geteilten Brief hat sich unter Varnhagens Papieren auf
der Berliner königlichen Bibliothek erhalten. Der Brief
ist ohne Unterschrift, undatirt und wird durch Varnhagen
fälschlich ins Jahr 1802 gesetzt. Er ist mir zur Ver=
öffentlichung von Herrn Dr. E. Jeep mitgeteilt worden,

dem ich für diese und andere vielfache Gefälligkeiten
dankbar verpflichtet bin.

Der Brief mag in etwas modernisirter Schreibung
hier folgen:

D. 10. Juni 1804.

„Ehe ich zur ernstlichen Beantwortung Ihrer
ernstlichen Fragen komme, muß ich Sie recht
dringend bitten, mir die fatale Perrücke abzunehmen,
die Sie mir aufgezwängt haben, die ich eigentlich
nicht trage, weil sie mich sehr beengen würde; also
gleich am Eingang meines Briefs, hinweg mit ihr,
daß ich mich frei bewegen kann.

„Wie ich auf den Gedanken gekommen bin, meine
Gedichte drucken zu lassen, wollen Sie wissen?
Ich habe stets eine dunkle Neigung dazu gehabt,
warum? und wozu? frage ich mich selten; ich
freute mich sehr, als sich jemand fand, der es über=
nahm, mich bei dem Buchhändler zu vertreten; leicht
und unwissend was ich that, habe ich so die Schranke
zerbrochen, die mein innerstes Gemüt von der Welt
schied; und noch hab' ich es nicht bereut, denn
immer neu und lebendig ist die Sehnsucht in mir,
mein Leben in einer bleibenden Form auszusprechen,
in einer Gestalt, die würdig sei, zu den Vortrefflich=
sten hinzu zu treten, sie zu grüßen und Gemein=

schaft mit ihnen zu haben. Ja, nach dieser Ge-
meinschaft hat mir stets gelüstet, dies ist die Kirche,
nach der mein Geist stets wallfahrtet auf Erden.

„Da ich heute sehr aufrichtig gegen Sie sein
will, so muß ich Ihnen das noch sagen, daß in
mir noch kein eigentliches Verhältnis zu Ihnen ist;
wenn es werden kann, so soll mich's freuen, es
wird von Ihnen ausgehen müssen; doch wenn es
nicht sein könnte, so würde mich das kaum betrüben.
Meine Beziehung zu Ihnen ist nicht Freundschaft,
nicht Liebe, meine Empfindung bedarf daher keines
Verhältnisses, sie gleicht vielmehr dem Interesse,
das man an einem Kunstwerk haben kann, aber
verworrene, mißverstandene Verhältnisse könnten
mir dies Interesse trüben.

„Sagen Sie nicht ferner, mein Wesen sei Reflexion, oder gar, ich sei mißtrauisch, das Mißtrauen ist eine Harpye, die sich gierig über das
Göttermal der Begeisterung wirft und es besudelt
mit unreiner Erfahrung und gemeiner Klugheit, die
ich stets jedem Würdigen gegenüber verschmäht habe.

„Grüßen Sie Ihre Frau freundlichst von mir;
auch ich freue mich, sie zu sehen und Ihr Kind,
das ich mir gar lieblich vorstelle.

„Mit Ponce da Leon haben Sie mir viel
Freude gemacht.“

Der Brief, eine köstliche Bestätigung des oben (Seite 82 ff.) über das Verhältnis zwischen Karoline und Clemens Gesagten, um so kostbarer, als es das einzige bisher bekannte ausführlichere Zeugnis ihrer Beziehungen zu dem Brentanoschen Kreise ist, wurde, wie mich Herr Dr. Jeep belehrt hat, von Bettina benützt. Zwei Stellen daraus „Denn immer — auf Erden" und „Sagen Sie nicht — verschmäht habe" sind „Die Günderode" Seite 84, 86 als Stellen aus einem Briefe der Karoline an Clemens zitirt.

Wie unaufrichtig übrigens Clemens auch gegen diese seine Freundin war, läßt sich im Anschluß an unsere Schreiben zeigen. In einem nicht datirten, aber schon durch die Erwähnung von Frau und Kind ins Jahr 1804 einzureihenden Brief an Pfarrer J. H. Chr. Bang in Goßfelden bei Marburg, der seit 1814 auch den Brüdern Grimm nahe stand, schrieb Clemens (auch dieser Brief ist mir durch die Güte des Herrn Dr. Jeep zugänglich geworden):

„Sie kennen Ihre Leute schlechter, als Ihre Lieder, mein bester Bang, denn Sie müssen wissen, daß Fr. v. Günterroth (sic) sehr stolz auf ihre Lieder ist, daß sie mir viel von Aussprechen des Lebens in reiner Form und eine Menge andere Kuchen in der modernen Form gebacken warm geschrieben hat, gegen die diese Lieder noch hausbacken sind. Ihr Urteil

über den Ariel kann noch nicht gefällt sein. Im Tian
steht Wandel und Treue, ein leidliches Lied."

Die gesperrt gedruckten Worte sind offenbar eine
Anspielung auf die obigen Worte Karolinens: „mein
Leben in einer bleibenden Form auszusprechen." („Ariels
Offenbarungen" ist der Titel einer 1802 und den fol-
genden Jahren entstandenen Dichtung Achims von Arnim.)
Einen merkwürdigen Gegensatz gegen das wegwerfende
Urteil über Karolinens Gedichte bilden die oben Seite
95 u. ff., ferner unten Seite 142 fg. mitgeteilten
enthusiastischen Lobsprüche.

Auch ein anderer der in dem Vorstehenden mitgeteilten Briefe findet sicher einen Nachklang im dem genannten Buche „Die Günderode". Dort schreibt Karoline über die Art, wie Clemens ihre Briefe findet und
kommentirt und gebraucht Seite 380 folgende Worte:
„Das kannst Du dem Klemens über mich berichten,
auch daß seine Manier, über meine Art zu schreiben
und die ungefügen Worte, die ich gebrauche, mich nicht
verdrießen. Ich muß mich bei dieser Stelle seines
Briefes immer auslachen und werde das Wort ‚Ratschläge' gar nicht mehr gebrauchen können. Ueberdem
erinnert es mich auch noch an Burzelbäume. (Rat-
schlag=Radschlag.)" Ein anderer und zwar gerade der
schlimmste Brief wird in einem Schreiben der Lisette
ergänzt und beurteilt. Es scheint nämlich, daß Karoline

jenen Brief (Seite 108 ff.) wörtlich oder im Auszuge an
diese ihre Freundin geschickt hat. Es macht nun dieser
vortrefflichen Frau alle Ehre, daß sie das Unwahre in
Clemens Wesen und Ausdrucksweise klar durchschaute
und ihre Freundin, die leichtgläubiger und weniger
scharfsinnig war, vor Clemens' gefährlichem Spiel
warnte. Lisette schrieb nämlich aus Sickershausen am
23. Mai (1805?):

„Deine Erzählungen von Clemens sind mir
wunderbar, ich möchte einen warnenden Zeigfinger
aufheben, wenn Du es auf dem Trages sehen
könntest; so muß ich die Wirkung des Geberden-
spiels in Worten zu erreichen streben. Ernstlich,
liebe Lina, nehme Clemens nicht anders, wie er
ist, vertraue diesem ungetreuen Schliff nicht. Sein
Brief an Dich ist nichts anders wie eine verdiente
Würdigung Deiner Gedichte, seiner Natur gemäß
ausgedrückt. Clemens ist ein Künstler, aber ein
reiner Enthusiasmus lebt doch nicht in seiner Seele,
denn er liebt es, daß man seine Originalität in
ihm anstaune, wobei es ihm gleichviel ist, ob
die Sache, wofür er spricht, Eingang gewinnt:
Savigny sagt, er liest gottlos, und hiemit ist eine
Haupttendenz seines Lebens ausgedrückt. Clemens
ist zu eitel, um ein Apostel der Wahrheit zu sein.

Sein Brief ist eigentlich so wenig die Meinung
seiner Seele, daß Du Dich nicht schlimmer täuschen
könntest, als wenn Du glaubtest, es sei wirklich sein
Streben, in innige Berührung zu Dir zu gelangen;
Du weißt das und suchst der Täuschung auf einem
Seitenwege zu entgehen, aber dieser Seitenweg
selbst ist Täuschung. Bist Du so wenig mit Deiner
Seele vertraut, daß Du nicht fühlst, in welche un-
gewohnte Formen Du sie zwängst? Du stolz gegen
Clemens? Nicht wahr, Du glaubst nicht daran, ich
bitte Dich, sag mir, daß Du nicht daran glaubst!
Und wenn Du nicht stolz sein kannst, was bist Du
dann? Ein neues Spielwerk, womit er den langweiligen Genius seiner Ehe beschwört. Lina, sei das
nicht, traue den süßen Tönen des Sirenenliedes
nicht. Sieh, ich eifre nicht und werde Dich auch
achten, wenn Du ihm sogleich schreibst, aber Deine
Ruhe ist mir mehr wert und Deine poetische Muße.

„Einen ungetrübten Genuß hat mir C. durch
seinen Ponce da Leon verschafft, gewiß das beste
Lustspiel der deutschen Sprache, es ist so anmutig
und witzig, ein buntes Leben vieler äußerst ver-
feinerten, schön organisirten Menschen. Die Anlage und Ausführung vortrefflich; das ganze Stück
spielt gleichsam mit sich selbst und am Ende scheinen
alle Personen, obgleich sie zu Verwicklung bei-

getragen, den wahren Zusammenhang recht gut
gewußt zu haben.

„Die überraschendsten Wortspiele und Wendungen
drängen sich in Fülle, bis wo die Handlung lebendiger wird und zuweilen die höchsten Beziehungen
des Lebens neben dem komischen Spiel der komischen
Muße stehen. Nees hat es mir geschenkt und ich
halte es sehr wert. Mir ist schon längst gewesen,
als müsse so, gerade so ein Lustspiel sein.“

Dieses am Schlusse stehende Urteil über Clemens
Lustspiel Ponce da Leon mag wohl bestreitbar erscheinen,
doch zeigt es gut die Ueberschwenglichkeit, mit der die
Romantiker sich gegenseitig beurteilten und verherrlichten.
Etwas Aehnliches läßt sich auch über die wenigen literarischen Urteile sagen, die Clemens und zwar ausschließlich in seinem letzten Briefe fällt. Die von ihm erwähnten (oben Seite 112) Briefe zwischen Gleim, Heinse
und Johannes von Müller verdienen zwar Lob, als kultur-
geschichtliches Denkmal. Brentanos allzu starke Bewunderung für sie erinnert, manchmal sogar in den Worten,
an seine neuerdings gedruckten Briefe an Arnim vom
8. März und 1. Januar 1806. Sein Urteil über Meiers
„Horribunda“ (Seite 112) ist völlig übertrieben. Dies
ist für unsern Geschmack vielmehr ein völlig verfehltes
Machwerk, ein Drama ohne rechten Zusammenhang,

voll schwerverständlicher literarischer Anspielungen auf
die klassische Richtung und die Aufklärung, ein Drama,
in dem der Witz gesucht und plump ist, kurz ein Werk,
das in seinem wirren Gemisch von Geist und Unsinn
wohl Clemens, dem Freunde solcher Mischware, behagen
mochte, bei Karoline aber gewiß ebenso wenig Billigung
und Verständnis fand als bei uns.

Die letzte, deren Briefe mitzuteilen sind, ist Bettina
Brentano. Sie nimmt jedenfalls unter den näheren Be=
kannten der Günderode eine hervorragende Stellung
ein. Die Mitglieder des kinderreichen Brentanoschen
Hauses standen gewiß mit einer der Familien in Ver=
bindung, in denen Karoline verkehrte, zum Beispiel
der Mettinghschen; die beiden Schwestern Lisette Rees
und Susanna von Heyden, beide geborene von Mettingh,
werden, wie bereits bemerkt, von Bettina gelegentlich
erwähnt. Durch sie mag die Bekanntschaft mit dem
jungen, originalen, geistsprühenden, früh zu einer seltenen
Reise entwickelten Mädchen vermittelt worden sein.
Bettina, 1785 geboren, war allerdings einige Jahre
jünger als Karoline, aber dieser Altersunterschied ward
durch ihre frühreife Lebhaftigkeit und Aneignungsfähig=
keit ausgeglichen. Genau sind wir über die Entstehung
dieser Bekanntschaft nicht unterrichtet.

Nach Bettinas Schilderung (Goethes Briefwechsel
mit einem Kinde, dritte Auflage, Seite 50) besuchte die
Günderode zuerst, was wenig wahrscheinlich ist, Bettina
in Offenbach und forderte sie auf, sie in ihrer Wohn=
stätte, dem Stift, zu besuchen. Von dieser letzteren
Aufforderung machte Bettina alsbald ausgiebigsten Ge=
brauch. Waren die Freundinnen getrennt, so entwickelte
sich zwischen ihnen ein eifriger Briefwechsel. In dem
persönlichen und schriftlichen Verkehr herrschte bei der
Günderode zuerst die Neigung der Aelteren vor, an der
Jüngeren erziehlich zu arbeiten. Sie bemühte sich, der
Freundin Kenntnisse, zum Beispiel in der Geschichte
beizubringen und sie zum Aneignen solcher zu ermuntern.
Zu dieser Neigung kam das Wohlgefallen, sich in einem
reichen Geiste zu spiegeln und die Anerkennung einer
eigentümlich Urteilenden über ihre eigenen Geistesprodukte
zu erlangen. Bei Bettina dagegen ward vor allem die
leicht entzündliche Schwärmerei des jüngeren Mädchens
für ein hochbegabtes älteres geweckt. Sie sah in ihr
— und diese Zeugnisse des Briefwechsels (siehe unten
Seite 126 ff.) sind sicher echt — ein höheres, einziges, un=
vergleichliches Wesen, bestürmte sie mit Liebesversicherungen
und beteuerte ihr in wiederholten, aber immer verschie=
denen Wendungen, nur in ihr und durch sie zu leben.

In den letzten Wochen und Monaten ihres Lebens
zog sich Karoline mehr zurück. Sie entfremdete sich

selbst den Befreundetsten, so auch Bettina. Aber diese
Entfremdung geschah allmählich, nicht in so brüsker
und roher Weise, wie es Bettina darzustellen versucht.
Diese nämlich erzählt (angeblicher Brief an Frau Rat
1807 oder 1808, Goethes Briefwechsel mit einem Kinde
Seite 66 ff.), sie habe in Marburg Creuzer kennen ge=
lernt und ihn, da sie in einzelnen Aeußerungen des
häßlichen und durch sein Aussehen ihr widerwärtigen
Mannes eine begünstigte Liebe für Karoline zu erkennen
glaubte, sehr schnöde behandelt. Daraufhin — eine
Mitteilung jenes Betragens von seiten Creuzers an
Karoline muß vorausgesetzt werden — habe die Günde=
rode, trotzdem Bettina fortgefahren zu schreiben und
flehentlich um Antwort zu bitten, nicht mehr geantwortet.
Zwei Monate später sei Bettina nach Frankfurt gekommen,
habe die Günderode besucht und sei von ihr mit den
Worten: „Komme nicht näher, kehre wieder um, wir
müssen uns doch trennen", abgewiesen worden. Darauf=
hin sei sie wirklich umgekehrt, habe ihre Schwester Meline
zur Günderode geschickt, aber auch diese sei unverrichteter
Sache mit verweinten Augen zurückgekommen.

Aber vieles aus diesem Berichte beruht auf späterer
absichtlicher oder unabsichtlicher Verwirrung der That=
sachen. Denn Bettina liefert uns selbst ein Zeugnis,
daß das Abbrechen des Briefwechsels kein plötzliches,
sondern ein allmähliches war, und die Entfremdung der

Günderode keine durch Bettinens übrigens ganz unver=
antwortliches Benehmen gegen Creuzer hervorgerufene,
sondern eine durch die Divergenz der Anschauungen ent=
standene und nach und nach vermehrte gewesen ist.
Eine von Steig mitgeteilte Stelle aus einem Original=
briefe Bettinens, der sich in dem Werke „Die Günderode"
nicht findet, beweist deutlich, daß Karoline mündlich
oder schriftlich den Enthusiasmus der Bettina gedämpft,
eine Veränderung in dem Ton ihrer Briefe gewünscht
und gewiß dadurch den Bruch des Verhältnisses herbei=
geführt habe. Die Stelle lautet (Deutsche Rundschau,
August 1892, S. 270): „Die Aehren des Feldes
schmiegen die jungen Halme an einander und wenn sie
reif sind, so bewegt sie ein leiser Wind, daß sie sich be=
rühren, aber die Menschen berühren einander nicht, wenn
sie auch noch so dicht gesät sind, wenn auch noch so heftiger
Sturm durch sie fährt; so ist es und das bindet die
Zunge und tötet den Geist, eins drückt mir das Herz zu=
sammen, daß ich's Dir nicht sagen soll, wenn ich die Blicke
wende nach den Sonnenstrahlen oder nach den Wolken."

Doch zunächst interessirt uns nicht der Bruch des
Freundschaftsbundes, sondern der Freundschaftsbund
selbst und die Art, wie Bettina ihn verewigte.

Das literarische Monument, das von Bettina Karo=
line errichtet wurde, ist das von der Ersteren heraus=
gegebene Buch „Die Günderode". Es erschien 1840

und erregte damals bei den Berliner Studenten, denen
es gewidmet war, derartigen Enthusiasmus, daß sie die
Widmung mit einem Fackelzug erwiderten. Doch möchte
man glauben, daß diese Dankbezeugung mehr der ehren-
vollen Thatsache der Widmung selbst als dem gewidmeten Buche galt. Der literarische Nachhall, der
im Augenblick des Erscheinens ziemlich lebhaft war,
verklang bald; von selbständigen Schriften blieb nur
eine kleine Arbeit M. Carrières übrig, wichtig als
Stimmungsbild für jene Zeit.

Diese Schrift („Achim von Arnim und die Romantik.
Die Günderode, Studien für eine Geschichte des deutschen
Geistes." Grünb. und Leipzig 1841), mit einem Motto
der Rahel, Varnhagen gewidmet — ich benütze das von
Varnhagen und Rahel besessene, mit dem Namenszug
des ersteren und dem Bücherzeichen der letzteren ver-
sehene Exemplar — ist nur eine Würdigung des Wesens
der Bettina und ihres Buches, als dessen Hauptgedanke
bezeichnet wird, „wie alles in der Natur zum Unendlichen strebt und im Geiste sich findet," nicht aber ein
Versuch, Leben und Art der Günderode darzustellen.

Ein anderes merkwürdiges, wie es scheint gleich
nach Erscheinen des Buches gefälltes Urteil mag hier
angeführt werden. Ein Brief Clemens Brentanos an
eine Freundin enthält nämlich die Stelle: „Sollten
Sie das neue Buch meiner Schwester lesen, ‚Die

Günderode', nämlich ihren Jugendbriefwechsel mit dieser
so unglücklichen Person, so werden Sie Ihren armen
Freund mannigfach darin erwähnt finden. Es ist ein
wunderbares Bildnis eines Teils unseres Jugendlebens,
nur wußte ich nur wenig von dem inneren Treiben
dieser Naturen; es ist übrigens in allem diesem nichts
Gemachtes, es ist damals so geschrieben." Doch ist
dies Urteil, da es von einem stammt, der nur einen
verschwindend kleinen Teil der Originalbriefe gesehen
haben kann, namentlich von einem, der niemals historisch=
kritischen Sinn besaß und nach vierzig Jahren die Er=
innerung an sein Jugendleben ziemlich vergessen hatte,
in keiner Weise ausschlaggebend; sein Urteil kann nur
bedeuten, daß das Werk keine romanhafte Erfindung,
sondern ein im ganzen treues Abbild wirklicher Zustände
und Seelenvorgänge ist.

Fünfzig Jahre verstrichen, ehe an eine neue Ausgabe
des Briefwechsels gedacht wurde. Auch diese ging ziem=
lich unbeachtet vorüber. Sie behält heute indessen noch
ihre Wichtigkeit. (Zwei hübsche Artikel E. Jeeps er=
schienen im Anschluß an die Veröffentlichung: „Voss.
Zeitung", Sonntagsbeil. 23, „Nation" Nr. 24 1891.
Die wenigen anderen damals veröffentlichten Artikel
und Referate sind notirt Jahresbericht f. dtsche. Litg.
f. 1891, I¹ 228.) Das Werk gibt sich als ein Brief=
wechsel aus den Jahren 1804—1806. Die zweite,

kleinere Hälfte ist ausdrücklich bezeichnet: „Die Günderode im Jahre 1804"; daher müßten, wenn der Titel richtig sein sollte, die Briefe der ersten, größeren Hälfte aus dem Jahre 1805—1806 stammen, was freilich eine höchst seltsame Art der Anordnung wäre. Aber die Behauptung trifft gar nicht zu, denn die letzten Briefe der Bettina gehören ganz offenbar dem Jahre 1806 oder frühestens den letzten Monaten des Jahres 1805 an. Sie sind aus Marburg, wo Bettina und zwar bei ihrer Schwester Savigny sich nach ihrem eigenen Zeugnis wenige Monate vor dem Tode der Günderode aufhielt.

Aber auch dann, wenn Bettina es nicht selbst bezeugte, ihr Aufenthalt in Marburg kann nur zu der angegebenen Zeit stattgehabt haben, da Savignys während ihrer Verheiratung nur vom September 1805 bis März 1806 in Marburg lebten.

So wenig also die in der letzten Abteilung befindlichen Briefe aus dem Jahre 1804, ebensowenig können nicht bloß aus äußeren, sondern auch aus inneren Gründen die Briefe der ersten Abteilung aus den Jahren 1805 und 1806 sein. Sie sind zum Teil aus Offenbach datirt, wo Bettina nachweislich um 1803 oder 1804 mehrere Wochen war; sie zeigen ferner gar manche Spuren einer erst werdenden Bekanntschaft, nicht aber solche eines längere Zeit dauernden intimen Verkehrs. Eine richtige chronologische

Anordnung aller dieser Schriftstücke ist deswegen außerordentlich schwer, weil fast kein Brief ein vollständiges
Datum hat, die meisten gar keine Bestimmung oder
nur eine Bezeichnung des Wochentags oder eine Angabe des Orts haben, wo die Schreiberin sich aufhielt:
Offenbach, der Wohnort der Großmutter Bettinens,
Marburg, Schlangenbad, wo Bettina einmal zur Kur
weilte, sind die Stätten, von denen aus sie besonders
häufig schrieb; aus Frankfurt und Winkel sind viele
Briefe der Günderode datirt.

Ueber diesen ganzen Briefwechsel nun, wie über
Bettinens mannigfache Briefveröffentlichungen überhaupt,
war früher ziemlich allgemein die Ansicht verbreitet,
Bettina sei eine Fälscherin oder mindestens eine Dichterin,
die, um eine bestimmte künstlerische Wirkung zu erzielen,
das briefliche Material, das sie durch ihre vielfachen Beziehungen eingesammelt hatte, in allerfreiester Weise bear-
beitet habe. Was speziell für diese Anschauung mit Bezug
auf das Buch „Die Günderode" angeführt wurde, war
freilich nicht ausschlaggebend, zum Beispiel die mehrmalige
Erwähnung des Fürsten Primas, von dem allerdings
bis zum Jahre 1806 nicht gut geredet werden konnte,
da er damals noch nicht existirte. Seine Feste also, an
denen Bettina teilnahm, die von ihm gegebenen Mittag-
essen, welche die Günderode besuchte, gehören in das
Reich der Fabel.

Gegenwärtig verteidigen nun die Bewunderer Bettinens die vollkommene Authentizität der von ihr herausgegebenen Schriftstücke. Der eifrigste Verteidiger Bettinens drückt die Sache sogar so aus: „Die Zeit, wo man mit einem Schein von Ueberlegenheit noch von Erfindungen Bettinens reden durfte, ist endgiltig vorüber." Eine solche Behauptung ist gewiß übertrieben. Die Wahrheit wird auch hier in der Mitte liegen. Bettina hatte selbst so wenig wie ihr Bruder Clemens oder ihr Gatte Arnim strengen geschichtlichen Sinn. Wie jene beide in ihrer Sammlung von Volksliedern das ihnen zuströmende Volkslieder-Material in der allerwillkürlichsten Weise bearbeiteten, bei einzelnen Gedichten Strophen umstellten oder ausließen, neue hinzufügten, um nur das zu bieten, was ihren ästhetischen Anschauungen genügte, und wie sie sich dann freuten, wenn das von ihnen Gestaltete und Zurechtgemachte von Kennern für alt angesehen und bewundert wurde, so verfuhr auch Bettina den Briefen gegenüber, die sie schrieb und die sie empfangen hatte. Sie wollte dem Publikum ein Bild der Verhältnisse geben, in denen sie gelebt hatte, so wie sie sie ein Menschenalter später ansah und so wie sie sie in jener früheren Zeit wohl hätte gestalten mögen. Sie glaubte, weder sich, noch ihrem Publikum, noch endlich der geschichtlichen Wahrheit schuldig zu sein, Briefstücke in überlieferter Ordnung und Gestalt wiederzugeben. Da mir von den Herausgebern des Arnimschen Nachlasses

troß höflichster Anfragen jede Auskunft verweigert
oder nur nach vorhergehender Zensur meines Manu=
skripts in Aussicht gestellt worden ist, so vermag ich
nicht zu sagen, ob die Originale der Briefe, die
Bettina in ihren drei großen Briefwerken: „Goethes Brief=
wechsel mit einem Kinde," „Die Günderode," „Clemens
Brentanos Frühlingskranz" benützte, erhalten sind. Nach
einer Notiz Zeeps („Nation" Nr. 24, 14. März 1891)
dürfte freilich eine Bereicherung unserer Kenntnis aus
jenen Quellen ausgeschlossen sein; die im vorstehenden
und im folgenden mitgeteilten Briefe erhalten dadurch
nur eine um so größere Bedeutung.

Aber aus den bisher bekannt gewordenen Original=
briefen, nämlich elf Briefen Goethes an Bettina, aus
einem Briefe von ihr an Goethe (Briefe Goethes an
Sophie Laroche und Bettina von Arnim, herausgegeben
von G. von Loeper, Berlin 1879) und aus dem einen
undatirten Briefe von Clemens an Bettina, sowie dem
Briefchen der Günderode (beide mitgeteilt von Steig
„Deutsche Rundschau", August 1892), kann man folgen=
des feststellen: In ihren eignen Briefen verbesserte Bet=
tina fehlerhafte Orthographie, Mängel des Stils, war
aber auch bestrebt, sich mehr, als sie es wirklich war,
zum Kinde zu machen und sich von ihren Korrespon=
denten schmeicheln zu lassen.

In den an sie gerichteten Briefen Goethes unter=

drückte Bettina alle Erwähnungen Arnims, der ihr
Verlobter war, die daher wohl geeignet waren, ihre
Kindschaft in einem seltsamen Licht erscheinen zu lassen,
ferner alle Erwähnungen von Goethes Frau, weil sie
gegen dieses gute Wesen ein aus Ueberhebung und Eifer-
sucht zusammengesetztes Gefühl empfand; sie fügte Entschuldigungen Goethes hinzu, daß er sich in den an sie
geschickten Briefen einer fremden Hand bediene, übertrug,
wo es ihr paßte, die Anrede mit „Sie" in die mit
„Du", erfand ganze Briefe, in denen sie Entschuldigungen
Goethes wegen seines Schweigens und Aeußerungen
besonderer Zärtlichkeit erdichtete, setzte Stellen hinzu, in
denen sie wegen einzelner ihrer Aeußerungen in einer
geradezu enthusiastischen und Goethes Wesen schnur-
stracks widersprechenden Weise belobt und zur fleißigen
Fortsetzung einer für Goethe ebenso belehrenden wie
erfreulichen Korrespondenz ermahnt wurde. Aber damit
begnügte sie sich nicht. Sie flickte ferner Stellen ein, in
denen auch andere, zum Beispiel der Herzog Karl August,
als Mitleser und Bewunderer ihrer brieflichen Aeußerungen hingestellt wurden, außerdem solche, in denen
Goethe wie ein schwärmerischer Liebhaber erscheint, der
in einer Dame, die er zu besuchen hatte, Bettinens Abbild erblickte; endlich solche, in denen sie Goethe über seine
Werke in einer Weise urteilen ließ, wie Bettina selbst
etwa gesprochen haben möchte, damit ihre Ansicht durch

den höchsten Geschmacksrichter bestätigt werde. Aehnliche Umformungen mußten die im „Frühlingskranz" veröffentlichten Briefe durchmachen. In dem einzigen bisher bekannten Briefe von Clemens Brentano änderte sie Schreibweise, Interpunktion und Stil, ließ alle Kleinigkeiten und Aeußerlichkeiten, die auf augenblickliche Vorgänge, Besorgungen hinwiesen, fort, milderte starke Ausdrücke, änderte harte Urteile, die der Bruder über Personen gefällt hatte. Der Herausgeber jenes Briefes findet ein solches Verfahren von geschichtlichem Standpunkt wohlbegründet, dagegen muß man jedoch Einspruch erheben und das Verfahren als mindestens gefährlich, jedenfalls als völlig unhistorisch bezeichnen.

Der Herausgeber von Briefen hat gewiß das Recht, ihm anstößig erscheinende Stellen zu streichen, sobald er das von ihm ausgelassene durch Punkte bezeichnet. Er hat aber niemals das Recht, solche Stellen zu mildern oder in ihr Gegenteil umzuwandeln. Wir wollen zum Beispiel nicht wissen, wie Clemens über Savigny hätte denken sollen, wenn er sein Wesen recht verstanden hätte, sondern wir haben ein Recht darauf zu erfahren, wie er wirklich gedacht hat. Wir haben den Anspruch, sobald wir uns um das Geplauder zweier Geschwister kümmern, sie in ihren intimen Gesprächen zu belauschen und dürfen nicht mit dem abgespeist werden, was der Ueberlebende etwa für vollwichtig erklärt. Wir

dürfen verlangen zu hören, wie Clemens geschrieben hat,
nicht, um in Steigs seltsamer Ausdruckweise zu sprechen:
„wie er hätte geschrieben haben können."

Bettinens Verfahren bei ihren zwei gedruckten
Briefwechseln mußte in derartiger Ausführlichkeit behandelt
werden, um den richtigen Maßstab für das Verständnis
des Buches „Die Günderode" zu geben. Denn zur
Kritik dieses Werkes sind uns bisher nur äußerst
geringfügige Materialien geboten. Sicher ist nach den
Mitteilungen Steigs einstweilen nur, daß Bettinens
Aeußerung über Wilhelm Meister („Die Günderode",
Seite 377) nicht an die Günderode, sondern an Clemens
(Mai 1804) geschrieben war und nun beim Abdruck
in einen Brief an die Freundin verflochten wurde.
Bettina scheint sich, wie Steig sagt, „des Vorteils be-
dient zu haben, aus ihren übrigen Korrespondenzen ge-
eignete Stellen herbei zu ziehen, wie sie andererseits
nicht weniges beiseite gelassen hat, was ihren Zweck
nicht förderte," — ein Verfahren, das wohl einem
Dichter und Künstler, niemals einem pflichtmäßig an
seine Vorlage sich haltenden Herausgeber ziemt. Von
der Günderode ist bisher nur ein Originalbrief an Bettina
und ein Gedicht bekannt geworden. Das Gedicht findet
sich wörtlich, wenn auch nicht buchstäblich, mit ortho-
graphischen Aenderungen und mit Interpunktion versehen,
in dem Buche „Die Günderode" S. 112.

Der Brief lautet so (Rundschau S. 268): „Dein Brief hat mich gefreut und gerührt, auch glaube ich an den Ernst deines Willens und deine Beharrlichkeit; nur eins noch macht mir bange, es ist dies das in allem was du mir bis jetzt von deinem Plane gesagt hast, mir nichts ausführbar, wenigstens für mich ausführbar erschienen ist; ich weis nicht, wie viel du thun kanst, aber so viel ist mir gewiß, daß mir, nicht allein durch meine Verhältniße, sondern auch durch meine Natur engere Gränzen in meiner Handlungsweise gezogen sind, es könte also leicht kommen, daß dir etwas möglich wäre was es darum mir noch nicht sein könte. Du must dies bei deinen Blikken in die Zukunft auch bedenken. Thue mir doch den Gefallen und schikke, mir gelegentlich die Uebersetzungen ins Französische, von denen Savigni mir gesagt und sie mir auch versprochen hat. Lebe wohl Liebe und ermüde nicht fleißig zu sein.

Karoline.“

Von diesem Briefe findet sich in dem gedruckten Briefwechsel (Seite 421) nur eine kleine Stelle: „nicht allein“ bis „bedenken“, und zwar in einem großen Briefe, in dem die Günderode Bettina wegen ihrer Energie bewundert: „Du hast eine viel energischere Natur wie ich, ja fast alle Menschen, die ich zu beurteilen fähig bin,“ und sich als eine inferiore oder schwächere Natur hinstellt, die der Ermunterung bedarf.

Weil ihr nun in diesem Zusammenhange die Stelle
von den französischen Uebersetzungen nicht paßte, hat Bet=
tina diese an einen ganz anderen Platz gestellt (Seite 364,
vgl. auch oben Seite 42), den Satz aber über den Plan,
nämlich den einer förmlichen Religionsgründung, über
den sie in vielen früheren Briefen weitschweifig und unklar
berichtete, völlig ausgelassen. Höchst charakteristisch aber
ist die Art und Weise, wie Bettina mit dem Schluß
des Briefes verfuhr. Während die Günderode schrieb:
„Lebe wohl, Liebe, und ermüde nicht fleißig zu sein",
das heißt, während sie eine jener Ermahnungen wieder=
holte, die in den gedruckten Briefen häufig wiederkehren
und dazu bestimmt sind, den regen, aber nicht stetigen
Lerneifer der Angeredeten anzustacheln und zu erhöhen,
veränderte Bettina die Schlußworte in die ihr schmeichelnde
Aufforderung: „Lebe wohl, Liebe, und ermüde doch nicht,
mir zu schreiben."

Aus den obigen Ausführungen ergibt sich, daß
weder in den gedruckt vorliegenden Briefen der Bettina,
noch in denen der Günderode der wirklich geschriebene
Text vorliegt, daß vielmehr der von Bettina gegebene
Text ein unter sehr freier Benutzung authentischen
Materials hergestelltes Kunstwerk ist; es kam Bettina
in diesem Werke, wie in ihren übrigen früher charakteri=
sirten, eben mehr darauf an, sich zu geben als die
Persönlichkeit, deren Namen das Werk hauptsächlich

trägt. Sie setzte sich in Positur und schilderte ihr eigenes Fühlen und Denken. Sie stellte sich dar als Kind, als Freundin, als Schwester. Daher kommt es auch, daß ihre Briefe in allen drei Werken einen bei weitem größeren Raum einnehmen als die ihrer Korrespondenten. Es mag zutreffend sein, daß sie Goethe gegenüber zwei- und dreimal schrieb, ehe er einmal die Feder ansetzte, und daß sie seitenlang plauderte, während er oft nur mit einigen flüchtigen Zeilen erwiderte, aber es ist nicht wahrscheinlich, daß sie sich auch in anderen Beziehungen ähnlich verhalten habe. In dem Buche „Die Günderode" sind von Karoline dreiundzwanzig Briefe, gegenüber dreiunddreißig Schreiben Bettinens; jene nehmen unter den vierhundertundzweiundvierzig Seiten des Neudrucks siebenzig, die Briefe Bettinens dagegen dreihundertundvier Seiten ein. Den Rest von achtunddreißig Seiten füllen Karolinens Gedichte. Das heißt also: Bettina nimmt für sich mehr als viermal so viel Raum in Anspruch als die Briefe und Gedichte der Freundin, was zum mindesten ein schreiendes Mißverhältnis genannt werden muß. Aber auch sonst fehlt dem Buche der Charakter einer freundschaftlichen Korrespondenz. Es enthält weder eine Erzählung kleiner äußerer Erlebnisse, noch, wie es wohl nötig gewesen wäre, eine Darstellung des Entstehens, Wachsens, auch des Zerfallens der Freundschaft: von dem äußeren

Treiben der Karoline erfährt man nichts, als daß sie
gelegentlich ihren Aufenthalt wechselte, über ihr inneres
Leben, ihr Empfinden gar wenig.

Obgleich man nun das Verfahren Bettinens weder
korrekt noch gerecht finden wird, darf man das Buch
„Die Günderode" nicht schlechthin verwerfen. Es bleibt
als Dichtung ein beachtenswertes Werk und enthält als
Geschichtsquelle viele wichtige Momente. Sind auch
die Ausführungen der Bettina oft unklar und schwebend,
so daß man nicht selten ihre Ausdrucksweise nicht verstehen, ihre Gedanken nicht fassen kann, so bleibt genug
übrig, das dem Buche bleibenden Wert verleiht. Besonders köstlich sind manche ihrer Ausführungen über
Natur und Musik: Bettina zeigt sich ganz erfüllt von der
hohen Bedeutung dieser Kunst und beweist ein ganz
eigenartiges, den Leser ergreifendes Mitleben mit der
Natur. Die Beschreibung eines Nachtspaziergangs bei
Schlangenbad ist geradezu ein Juwel. Sie weiß anmutig zu plaudern und ihre Umgebung geistreich zu
schildern: mit feinem Humor, liebevoller Detailmalerei,
mit bewundernswerter Plastik stellt sie die Gegenden
dar, in denen sie sich ergeht, schildert die Gesellschaften
bei ihrer Großmutter in Offenbach, die Kurgesellschaft
in Schwalbach, wo unter anderen auch der schwärme-
rische Gothaer Herzog Emil Leopold erscheint, oder den
Savignyschen Kreis, Professoren und Studenten.

Einzelne Persönlichkeiten wie Stadion, der Freund und Gönner ihres Großvaters, oder der alte Jude, ihr weiser Freund in Marburg, oder ihr Lehrer Arenswald treten lebensvoll vor unsern Blick. Gelegentliche humoristische Scenen, wie die Geschichte des durch sie gekauften und alsbald verlorenen Regenschirms, gelingen ihr außerordentlich. Sie weiß schöne Gedanken in ansprechende Form zu kleiden: das Mitleid mit dem Unglück, das Recht der Unterdrückten, wobei sie lebhaft die Juden in Schutz nimmt, den Haß des freien Menschen gegen alles Konventionelle und die Begeisterung für eine unbedingte vollkommene Entwicklung der Menschennatur. Als ihr Ziel bestimmt sie einmal: „Das Schicksal soll mich scheiden vom Schlechten, es soll keine Lüge in mir dulden. In meinen unaufhörlichen Träumen möchte ich nur eine Vollendung — der Liebe, der Schönheit." Sie läßt uns Blicke in ihr Wesen thun: ihre Unfähigkeit sich zu konzentriren, einen bestimmten Gegenstand von Grund aus zu erlernen, ihre Verachtung des Lernens überhaupt, ihre Hochachtung für den Geist. Und wie man Bettina bei der Lektüre solcher Stellen verehrt, so lernt man sie lieben durch ihre volle Unterwerfung unter die Freundin durch ihre Bewunderung ihrer Geistes- und Gemütsanlagen.

Aber auch für Karolinens Charakteristik gewinnt man aus ihren und den Briefen der Freundin einige

Aufschlüsse. Sie spricht zu der jüngeren Freundin oft
als der weise Mentor, sucht ihre Gedanken zu regeln,
warnt sie vor Lügen, ermahnt sie, nicht mehr zu fluchen,
ja verbessert manchmal ihre Sprache, wie die Lehrerin
der Schülerin ein Pensum korrigirt, oder rät ihr
bringend von dem Uebermaß ab, das sie leicht zum
Taumeln bringe. Durch Karolinens ganzes Wesen —
das könnte man als Gesamteindruck ihrer Briefe hin-
stellen — geht ein tief melancholischer Zug. Als einen
ihrer Aussprüche berichtet Bettina: „Es gibt ein Verstummen der Seele, wo alles tot ist in der Brust," und
einen andern: „Es ist gerade so in mir wie da draußen
im Garten, die Dämmerung liegt auf meiner Seele,
wie auf jenen Büschen — aber sie ist farblos." Ein
anderesmal, da sie von ihrer Absicht redet, eine
Tragödie zu schreiben, in der spartanische Frauen vor-
kommen, faßt sie ihre Selbstcharakteristik in die Worte
zusammen: „Wenn ich nicht heldenmütig sein kann und
immer krank bin im Zagen und Zaudern, so will ich
zum wenigsten meine Seele ganz mit jenem Heroismus
erfüllen und meinen Geist mit jener Lebenskraft nähren,
die jetzt mir so schmerzhaft mangelt und woher sich
alles Melancholische doch wohl in mir erzeugt." Denn
eben aus dieser Abendstimmung, dieser Dämmerung
konnte sie sich nur manchmal durch ihre Dichtung oder
in die Dichtung retten. „Dichten in jedem Herzens-

drang hat mich immer neu erfrischt. Ich war nicht
länger gedrückt, wenn ich mein Verstummen konnt' er-
klingen lassen.“

So wertvoll nun auch die Beiträge sind, die man
zur Charakteristik beider Frauen und ihres gegenseitigen
Verhältnisses aus dem gedruckten Briefwechsel gewinnt,
so wird man bei der Lektüre ein Gefühl des Mißtrauens
niemals los. Schon aus diesem Grunde haben daher
die gleich mitzuteilenden Briefe einen fast noch größeren
Wert als die von Savigny und Clemens: sie geben
uns den bisher bekannten gegenüber ein angenehmes
Gefühl der Sicherheit. Einigen Worten des letzten
Briefes zufolge hat Karoline offenbar die früheren
Briefe Bettinas der Schreiberin zurückerstattet; wieso
unsere drei ersten Briefe gerade diesem Schicksal ent-
gangen sind, vermag ich nicht zu sagen.

Auch diese Briefe werden hier in moderner Orthographie und Interpunktion gegeben. Bettina hat in
ihren Briefen eine ganz regellose Interpunktion, in der
zum Beispiel Punkte oft seitenlang nicht existiren. Sie
gebraucht in ganz willkürlicher Weise große und kleine
Anfangsbuchstaben, so daß Eigenschaftsworte oft groß,
Hauptworte klein geschrieben werden. Sie schreibt ferner:
mögte, solge (solche), Teige (Teiche), bißgen, veste,
Gewallt, Gebierge, brüsse (prüse), stabuirten (statuirten),
plat (Blatt). Alle diese Worte so zu drucken, wie

Bettina sie schrieb, lag kein Grund vor, dagegen wurde Bettinas seltsame Manier, einzelne Worte und ganze Satzteile zu unterstreichen, oft gerade solche, die inhaltlich keine Hervorhebung verdienen oder nötig machen, beibehalten, um wenigstens durch diese Aeußerlichkeit an die Eigenart der Originale zu erinnern.

(Juni 1804.)

Lieber Günther. Hier habe ich einen Brief an Dich von der Hessenpost bekommen, es ist schon zu lange, daß wir uns einander nicht genähert haben, auch weiß ich nicht, was in diesem Brief stehet, um daß ich mir denken könnte, ob er einen freundlichen Eindruck oder einen schlechten oder gar keinen machen wird. Nach dem meinigen zu schließen, in welchen dieser eingeschlossen war, muß er wohl voll gerechter und billiger Lobeserhebungen sein, unter anderem schreibt mir Clemens: „Ich habe die Gedichte, welche Du von der Günderode glaubst, gelesen, mit Entzücken gelesen, eine Menge Züge darin machen mir es glaublich, daß sie von ihr sind, aber der hohe Ernst, der Tiefsinn, die wunderschöne Sprache, die Gehaltenheit und vor allem die oft ganz klassische Kunstvollendung haben mich oft zweifeln lassen. Wenn Du gewiß weißt, daß der ‚Franke in Aegypten‘ von ihr ist, so kann

alles von ihr sein, denn dieser ist ein ganz vor-
treffliches Gedicht, kein Weib hat noch so geschrieben, noch so empfunden."

Hast Du mit dieser Stelle genug, oder soll ich
Dir noch andere heraus schreiben? Doch was
frage ich, solche hellglänzende Tautropfen können
einer so glühend blühenden Blume nicht anders
als wohlthuend sein, öffne nur recht Deinen Kelch,
Du holdes Gewächs, und lasse Dir diese Perlen
bis in das Innere des Busens rollen. Wieder
sagt Clemens: „Ich habe durch diese Lieder eine
wunderbare Hochachtung vor dieser wahrhaft begeisterten Sängerin erhalten." Wieder sagt er an
einem andern Ort, „daß es in seiner Art vortrefflich und als weibliches Produkt einzige Erscheinung sei." Hier spricht er, mich aufmunternd:
„Wenn Du wüßtest, wie viel Gutes, Veredelndes
mir die Lieder von Günderödchen gewährt haben,
Du eiltest, auch Deine Jugend und ihre Träume
zu befestigen." Am Ende schreibt er: „Meine
Briefe teile mit keinem Menschen." Also wisse,
daß ich Dir diese wenigen Zeilen nicht als einem
Menschen mitgeteilt habe, und daß Du mir also
nicht verargen sollst, wenn ich sie mit zu viel
Wichtigkeit und schwesterlicher Liebe verbrämt habe.

Eines dieser Deiner Lieder hat mir einen

großen Trost gewährt, „Wandel und Treue",
es hat einen herrlichen Himmel mit leicht ge=
färbten, leicht hinziehenden Wolken, es ist so hin=
geflogen, es ist eine Poesie der Poesie darin, oder
vielmehr die Poesie hat sich hier vermählt und
abermals vermählt; nehme nicht übel, wenn ich
mich undeutlich ausdrücke.

Wie ist es auf dem Trages, das Herz muß
einem recht grünen in diesen grünen Wäldern und
Wiesen, es muß so heiß glühen in diesem heißen
Sonnenschein, es muß so frisch werden, es muß
sich so herrlich abkühlen in den kühlen Bächlein
und den Teichen, wo die Fischlein ihr junges
nasses Leben verplätschern; ach, ich möchte auch
mein junges Leben verplätschern, aber wenn auch
der leichte Sinn gern so hin und her schwimmen
möchte und so rechts und links herum schießen
und sich dann wieder eine Weile mit dem Strom
fortreißen lassen und mutwillig ihm dann die
Bahn durchschneiden, so will das schwere Herz
sich gern tief unter Gras und Kräuter, Wurzeln
und Erde verbergen wie ein Maulwurf, um sich
da abzukühlen und die dunkel blitzenden Augen
hier aufzuthun. Und da nun ein Maulwurf und
ein Fisch ganz verschiedene Naturen haben, die
sich nie mit einander vereinigen können, so kann

die arme Bettine weder zu Wasser noch zu Land Ruhe und Zufriedenheit finden.

Was machen denn die Seligen, das heißt die zwei Paradiesvögel, das heißt Adam und Eva, oder vielmehr Savigny und Gunda? Sind sie wirklich selig in ihrer Seligkeit? Es ist wenigen beschieden, selig zu sein in ihrer Seligkeit, aber Savigny kann nicht anders als nur durch die Seligkeit anderer seine eigene hervorbringen. „Darum, wenn ihr selig sein wollt, so legt euer Begehren in den Schoß des Herrn, darnach ist das andere all nichts und eitel Begehren" und so weiter. Gunda hat mir einen freundlichen Brief geschrieben vor ungefähr vier Wochen. Daß ich ihr nicht geantwortet habe, kömmt erstens von meiner Faulheit her, und denn leb' ich auch zu viel in den Tag hinein und kann nicht viel über mich selbst nachdenken, und da alles, was dieser Brief enthielt, Fragen und Sorgen um mich waren, so ward es mir immer etwas grau vor den Augen, wenn ich an das Antworten dachte. Sage ihr dies, daß sie nicht meine, ich habe ihre Liebe und Sorge für mich nicht geachtet. George, Marie, Lulu und ich werden allem Vermuten nach bis Sonntag bei euch anlangen und die Meline wieder mitnehmen; wenn ihr sie aber

nicht hergeben wollt, so werden wir sie wohl bei
euch lassen müssen. Die Großmutter jammert
eben gar sehr, aber es ist dumm, sie sollte froh
sein, wenn Meline ein bißchen Frühling einatmet;
er läßt einem immer Kräfte zurück, die durch das
Leben dauern.

Clemens schreibt mir immer, ich soll dichten,
aber ich glaube, ich werde nie etwas Festes, Ge-
setztes hervorbringen können. Oft liege ich abends
oder vielmehr nachts im Fenster und habe ganz
herrliche Gedanken, wie es mir scheint; ich freue
mich dann über mich selbst, meine Begeisterung
begeistert mich sozusagen, aber da sind zwei ein-
fältige Nachtigallen in unserer Straße, ich weiß
nicht, ob sie eingesperrt sind oder irgendwo ihr
Nestchen haben, die fangen gewöhnlich an, ihre
liebenden, verliebten Lieder so leicht, so herrlich und
ergötzlich her zu singen, wenn ich so mitten in
meinem Dichten und Trachten bin, daß ich ganz
alles vergesse und denke, du willst die Nachtigallen
dichten lassen, du wirst doch des Menschen Ohr
und Sinn nie so schön und herrlich erquicken
können wie diese (denn etwas weniger Gutes als
das Schönste und Beste hervor zu bringen ist doch
auch schlecht), und schlecht mag ich nicht schreiben.

Adieu, ich habe Dir da eine Menge vorge-

schwätzt und bin sozusagen ganz in einen ver=
traulichen Ton gekommen, von dem ich doch nicht
weiß, ob er gut aufgenommen wird. Grüße den
Savigny und die Gunda. Ich war der letztern
ein wenig böse, habe ich doch ein ganzes Jahr
lang mit ihr in einem Zimmer gewohnt, habe ich
doch die Thränen nie zurückhalten können, wenn sie
weinte. Und doch hatte sie kein Verlangen nach
mir; aber der Mensch vergißt und vergibt alles
in den letzten Stunden seines Lebens, und da es
mir hier in dieser dumpfigen Stadt nun alle
Augenblicke ist, als müßte ich aufschnappen, da der
Geist mit Macht und Gewalt über alle alte Mauern
hinüber durch Blüten und Lüfte und Wolken ge=
zogen wird und der Körper, der nicht nachkann,
ihn wieder mit Macht und Gewalt zurückhält, so
bin ich denn in einer Art von Kampf zwischen
Leben und Tod, weil die Seele sich von dem
Leibe trennt und der Leib die Seele nicht losläßt,
und deswegen vergebe und vergesse ich es auch,
wobei ich jedoch kein Verdienst habe, da, wie Du
siehst, die Not mich drängt. Apropos, sage doch
der Gunda, sie solle doch den Herrn Schwaab
auch einmal einladen, es thut ihm leid, daß sie
nicht an ihn zu denken scheint.

Bettine.

Soeben lese ich einen lamentosen Brief von der Großmutter an Franz und Toni, die Meline wird wohl mal gré von gré wieder nach Offenbach. Daß einen die Geplagten doch nicht ungeplagt können lassen; ich denke hier an ein Lied von Novalis:

„Ach, wann wird das Blatt sich wenden
Und das Reich der Alten enden."

Adieu, Günderödchen, adieu, Savigny, adieu, Gundelchen, adieu, ihr Maiblümchen, ihr Schneeglöckchen, ihr Thymianchen und allerlei Blümchen, die ihr in Trages auf den Wiesen wachst, auf denen ich mich herumwälzen möchte. Adieu, ihr guten Kinder.

*

(Sommer 1804.)

Ich möchte Dir zwar gerne eine Beschreibung unsers Studiums in der Geschichte geben, wenn ich nur einmal so weit wäre, einen festen Standpunkt in ihrer Ansicht zu erlangen, mein Meister scheint nachgerade eine Klippe zu sein, an welcher mein Studium wo nicht scheitern, jedoch festsitzen wird und — es hat mir noch nie so sehr an Mitteln gefehlt, es wieder flott zu machen. An die spezielle Geschichte Griechenlands ist nun einmal gar nicht zu denken, unser Lehrer ist von einem

Religionsgeift befeffen, der ihm keine andere gründ-
liche Unterfuchung und Auslegung erlaubt als die
der heiligen Schrift; ich werde daher höchftens in
dem Judentum einige Kenntnis erlangen, welches
mir eigentlich lieb ift, zudem ich für mich allein
gewiß nichts darin würde gelernt haben.

Mufik lerne ich mit Gewalt, das heißt die
Mechanik derfelben, mein Meifter im Generalbaß
ift wahrhaftig wie ein Blinder, den der Lehrling
jeden Augenblick in Kot werfen kann. Zu zeichnen
habe ich auch wieder angefangen und wundere
mich fehr, daß ich in der langen Zeit, wo ich
nichts gethan habe, nicht nur allein nichts ver-
lernt habe, fondern vielmehr profitirt zu haben
fcheine. Dies alles mag wohl von der großen
Ruhe und Stille in mir und der Natur herrühren.
Dichten kann und mag ich jetzt nicht, ich habe
mehrere Rezenfionen von Goethe über jetzige
Dichter gelefen, und wenn er darin von feftem
Gehalt, von reinem Ton, von ernfter, tiefer Kenntnis fpricht, fo empfind' ich ebenfo wohl ernfte, tiefe
Ehrfurcht für den Dichter, aber wie follt' ich mich
wagen ohne Vorbereitung? Ja, es kommt mir
fonderbar kühn vor, wie mancher nur feiner
eigenen, durch taufend böfe Leidenfchaften erhitzten
Phantafie folgt, wie Eitelkeit ihn treibt, nach

falschem Ruhm zu haschen; muß da nicht die
heilige Natur (welche doch allein den wahren
Weg bezeichnet) ihn verlassen und ihn als einen
verlornen Sohn betrachten, wenn in jedem Augen=
blick, wo sie ihm ihre Tiefen erschließt, die Welt=
lichkeit ihn unfähig macht, sie zu erkennen? Ach,
wahrlich! es ist keiner so groß, sich von Verhält=
nissen nicht niederdrücken zu lassen; glücklich der,
dessen Fuß über Gebirge schreitet, dem werden sie
doch nicht über den Kopf zusammenwachsen. Du
sprichst mir von Schwermut in Deinem kleinen
Brief, ich bitte Dich, prüfe Dich doch, ob es nicht
aus Mißmut über Deine Lage ist, ob es nicht
Kleingläubigkeit ist, ob es nicht Mangel an einer
der drei göttlichen Tugenden ist, das erste ist,
den Glauben an Dein Schicksal nicht zu verlieren,
Deine Lebensgeschichte nicht als begrenzt zu denken,
in dem letzten Augenblick, wo das Licht zu ver=
löschen scheint, kann es ja noch herrlich und groß
entflammen und das Leben von allem Unrat und
Schwarz reinigen; hiermit ist die Hoffnung auf
das engste verkürzt, wie Du wohl einsiehst und
die Liebe — die Liebe zu dieser Erschaffung, zu
dieser Offenbarung der Herrlichkeit und Weisheit
Gottes ist jedem Bessern eingepflanzt, und Du wirst
Dich wohl hüten, Dein Gewissen darin zu ver=

letzen und Mißtrauen gegen Dich selbst zu hegen.
Ich weiß zwar nicht, ob Du genugsames Gewicht
auf meine Freundschaft legst (das heißt so sehr,
als ich es verdiene), allein das macht mir um
meinetwillen wenig Sorgen; wenn Du mich nicht
fest glaubst, so werde ich Dich einstens mit der
Wahrheit meines Daseins überraschen, wir müssen
noch mit einander eine große Freiheit erringen,
wir dürfen nicht als Vormünder unserer jugend-
lichen Natur sie um ihr Gut betrügen. Werden
wir denn die Scham ertragen, die uns vielleicht
in einem andern Leben befallen wird, wenn wir
sehen, welche Kleinlichkeiten uns Mutlosigkeit ein-
flößten? Glaube nur nicht, daß ich schwärme, ich
bin ganz bei Sinnen, ich will nicht alles durch-
einander werfen, um mir einen Weg zu bahnen,
ich will bedächtig und mit Gewißheit gehen, ich
will den Respekt für Philister nicht verlieren, im
Gegenteil, ich will die Zeit zu Rat ziehen, ich
will warten, ich will klug und listig sein. Gott,
ich könnte weinen, wenn ich dächte, daß Du bei
Lesung dieses Briefes lachtest, wenn Du mich für
einen Narren hieltest, indessen wünschte ich doch
die Wahrheit Deiner Gesinnung über mich zu erfahren, zu erfahren, ob Du es nicht nur allein
der Erfahrung, sondern auch der hellen, klaren

Vernunft gemäß, erhältst an alle dies nicht zu
glauben, keinen Enthusiasmus als Waffe gegen
die Gemeinheit zu gebrauchen, sondern sich an den
bisher statuirten Exempeln der verunglückten Wag-
hälse zu begnügen und Frieden zu schließen mit
den gemachten Menschen, indem wir einen
Damm vor den gewaltigen Strom (der Natur
und Freiheit in uns) bauen, welcher sie vor Ueber-
schwemmung ihres gemachten Eigentums schützet.

Adieu, ich bin Dir so gut, ich meine es so
ernstlich, wenn alle dies nur Blindheit in mir
wäre, wenn es nicht das Wahre wäre, dann wäre
die Jugend auch Blindheit und die Freude und
die Liebe und die Sehnsucht wäre lauter Lug
und Trug.

Ich bin Dir zwar sehr Freund, glaube aber
nicht, daß ich es aus Schwachheit bin, weil
ich eine Stütze haben muß (obschon Du mir
wirklich eine sein wirst, wenn Du Dich mir
nicht entziehst), sondern weil ich es größer, besser
finde, den Freund zu erhalten, weil in der Beharrlichkeit die Größe aller Werke und Geschöpfe
enthalten ist; in dieser Rücksicht rechne ich auch
auf Deine Freundschaft, denn wenn ich sie bloß
durch mein Verdienst hätte erhalten wollen, so
hätte ich schon lange daran verzweifelt.

Antworte mir bald, nicht ausführlich, nur
will ich wissen, ob ich die Wahrheit spreche, je
nachdem ich mich dann zurückziehen oder in Deinem
Herzen verbleiben werde.

Bettine.

*

(Marburg Herbst 1805.)

Wenn die Sonne die herrlichste Gegend er-
leuchtet, die ich hier von meinem Fenster aus
übersehe, und allen Nebel wegnimmt, so daß ich
alle die Pfade und Bächlein, die kleinen Stege,
Brückelchen und sonstige Anstalten zum Fortkommen
des Wanderers fest und klar und gangbar vor
mir sehe, wenn ich bedenke, wie ein jeder dieser
kleinen Pfade in eine andere Gegend, in einen
andern Ort und endlich in ein anderes Land
führt, wie auf jedem dieser verschiedenen Wege
eine verschiedene Begebenheit unser Leben erwartet
und mit sich fortzieht, wie da schon vorher Ruhe
oder Leidenschaft, Glück oder Unglück bereit ist,
uns zu empfangen, je nachdem wir uns wenden,
und wenn ich zugleich bedenke, wie herrlich der
Leichtsinn ist, der den ersten dieser Wege lustig
antritt, dem keine Zweifel, keine Ahndungen Un-
ruhe machen, der mit Gott im Herzen sich frei-
willig und mit Kühnheit dem allgemeinen Gewebe

preisgibt, der das Leben auffucht, wo es am
schönsten blüht, und es genießt mit Kraft, so kann
ich mir gar nicht denken, daß alle diese Wahr-
heiten Dir nicht auch einstens Deine Schüchtern-
heit werden überwinden helfen, daß Du nicht
wirst Sehnsucht haben, Herz fassen zu lernen.
Ach, wenn Du wüßtest, welche Seligkeit
es ist, ein Herz zu fassen, besonders
wenn man dies Herz liebt, — deswegen
bin ich auch jetzt etwas unselig, weil ich
das geliebte Herz nicht gefaßt habe.
Kannst Du Dir nicht vorstellen, wie schon darin
große Wollust liegt, wenn man mit jedem Schritt,
den man ins Leben thut, die Kraft noch mehr
zu thun, in sich vergrößert fühlt, wie man endlich
Herr wird, wo man Sklave war, wie alle romantischen, unmöglich scheinenden Pläne nach und nach
aus ihrem Dunkel hervorziehen, sich an dem Licht
der Kühnheit deutlich und klar entspinnen und
sich leicht und thunlich darstellen, ich sage Dir,
wenn Du hier von meinem alten Festungsturme
herabsehen könntest, dessen Ansicht vom Feldberg
begrenzt ist und den ich alle Abend nach Sonnen-
untergang ganz allein besteige, die Liebe Gottes,
das feste Vertrauen auf ihn und der Mut, das
Leben, welches er Dir darbietet, in seiner ganzen

Fülle zu genießen, würden in stolzen Wellen auf-
brausen und an die Brandung Deines Herzens
schlagen, mit Gewalt, und es endlich mit sich reißen
in die hohe Flut.

Würdest Du dann Deinen Freund nicht freudig
umarmen, der am Eingang Deines Kerkers Deiner
wartete, um mit Dir Hand in Hand zu gehen?

Wann einmal wieder die Oper „Azur" gegeben wird, so gehe mir zu lieb hinein und merke
auf die Arie, die so anfängt:

„Mich verlieren" bei den Worten,

> Bei drohenden Gefahren
> Will ich zum Trost dir eilen,
> Mit dir den Kummer teilen,
> Vertraue nur auf mich.

Mir hat diese Musik immer das Gelübde ab-
gelockt, die Gefahr einstens aufzusuchen, um sie
teilen zu können mit dem Freund und ihn zu
trösten.

Mein Gott! ich habe niemand, mit dem ich
ernstlich sprechen könnte, ohne daß er mir gerade
ins Gesicht sagen würde, Du sprichst Kinderei,
Du lügst, Du bist gespannt, Du extravagirst und
meistens in den Augenblicken, wo mir Gott mehr
die Gnade verleiht, mich in der Sprache auszu-
drücken, welches nur selten geschieht; Du allein.

wenn Du auch nicht zu meinen Ideen eingingst,
hättest doch eine Art von Achtung vor denselben,
wie vor aller Phantasie der Dichter hat.

Savignys Liebe zu mir scheint auch nichts
Bedeutendes hervor zu bringen; er sagte mir zwar
anfangs, daß ihn mein Zutrauen freuen würde,
ja, daß er nicht vergnügt sein könnte ohne meine
Liebe (ich glaube die Bitte um das täg-
liche Brot macht den Wein vergessen),
indessen ist er doch immer der beste unter den
Menschenkindern und man mag ihn mit Recht den
Engel nennen, und wenn er mich auch nicht dazu
auffordert, ihm meine Gedanken mitzuteilen, so
fordert mich sein Anblick doch auf, gut zu sein
und Gedanken zu haben, die seiner Teilnahme
wert sind. Ich fühle eine gewisse Freude dabei,
wenn ich so mitten unter den anderen in einer
Art von Einsamkeit lebe, von der niemand weiß.
Du warst mir in meiner Einsamkeit oft, was das
Echo dem Dichter sein möchte, der sich seine
eigene Poesie wieder darstellen will, das heißt, ich
sprach bei Dir alles, als wenn ich allein wäre,
sprach nicht um Deinetwillen, sondern um Gottes
willen. und in dieser Hinsicht ist mir auch das
Echo ein großmütiger Freund, ein lieber Freund,
dem ich ewig Dank schuldig bin und den ich zum

Teil an Dir abverdienen will durch Treue,
Wahrheit und Teilnahme an Deinem Schicksal,
durch Ehrerbietung gegen Dein Gemüt, wenn Du
Dich mir nur nicht entziehen willst, wenn Du nur
immer Dein Vertrauen zu mir stärken und er=
halten willst. Wir haben ja doch nichts anderes
auf der Welt als dies, aber dies eine ist auch
ein Stamm, der einstens einen grünen Zweig
hervorbringen soll (und lache nicht über das,
was Ich hervorbringen will).

Dem alten Klausner teile meine Briefe manch=
mal mit, wenn Du glaubst, daß sie bedeutend
genug sind, um ihm Freude zu machen, und lasse
sein getreues Herz nicht verschmachten, gib ihm
etwas von unseren ehemaligen Zusammenkünften
preis und unterhalte und bilde seine Liebe zu
mir, er hat Energie.

Von unserer Wohnung will ich Dir auch etwas
sagen, Meline und ich haben ein sehr schönes
Schlafzimmer, welches gleicher Erde mit dem
daranstoßenden Garten ist und in welchem gerade
eine Hecke dicht vor den Fenstern hergeht, aus
dem Schlafzimmer geht man in das, worin wir
lernen, welches aber von einem hohen Berge die
Aussicht über die Stadt ins weite, weite Feld hat,
gelt Du, sehr schön! Ich bin meistens allein in

diesem Zimmer, und wenn Meline da ist, so
merke ich sie nicht einmal, so lieb und gut und
still ist sie, und ich bin froh, mit ihr zu wohnen.
Savigny und Gunda wohnen in ihrem eigenen
Häuschen, wo wir auch zu Mittag und zu Nacht
essen, und wenn Savigny lustig ist, so bin ich
immer sehr froh und glücklich; wenn er sein Kind
betrachtet und Freude an ihm hat, so betrachte
ich ihn und habe auch Freude an ihm und wünsche
dabei, ich hätte auch einen Vater, der mich betrachtet und Freude an mir hätte; wie wollte ich
mich ihm zu Gefallen so freundlich und artig ge-
berden. Adieu, Gott sei mit Dir, wie habe ich
mir zu Gefallen doch so viel mit Dir geplaudert.
Von meinem Lernen schreibe ich Dir nächstens.

Bettine.

Die Bettine will haben, ich soll Dir sagen,
daß ich diesen Brief gelesen habe. Ich sage noch
mehr, nämlich, daß mir alles, was ich seitdem
von Dir höre, über Erwartung wohl gefällt und
daß ich Dir in diesen Tagen ordentlich schreiben
werde.

Savigny.

*

Frankfurt (April 1806).

Ich hätte gern, daß Du der Gerechtigkeit und unserer alten Anhänglichkeit zu lieb mir noch eine Viertelstunde gönntest, heut oder morgen; es ist nicht, um zu klagen, noch um wieder einzulenken. Beides würde Dir gewiß zuwider sein und von mir ist es auch weit entfernt. Denn ich fühle deutlich, daß nach diesem verletzten Vertrauen bei mir die Freude, die Berechnung meines Lebens nicht mehr auf Dich ankommen wird wie ehemals, und was nicht aus Herzensgrund, was nicht ganz werden kann, soll gar nicht sein.

Indessen fühle ich immer noch, daß Du Ansprüche auf meine Dankbarkeit machen kannst, obschon sie Dir wenig nützen kann. Ich habe manches, was ich nicht für Dich verloren möchte gehen lassen, dies alles hat ja auch nichts mit unserem zerrütteten Verhältnis gemein, ich will auch dadurch nicht wieder anknüpfen, wahrhaftig nicht! im Gegenteil, diese Ruinen (größer und herrlicher, als Du vielleicht denkst) in meinem Leben sind mir ungemein lieb, und wenn ich an Goethes Wandrer dabei denke, so wird mir ganz wohl und leicht dabei, ich versteh' ihn dann dreifach.

Ich habe mir statt Deiner die Rätin Goethe

zur Freundin gewählt, es ist freilich was ganz
anders, aber es liegt was im Hintergrunde dabei,
was mich selig macht, die Jugendgeschichte ihres
Sohnes fließt wie kühlender Tau von ihren
mütterlichen Lippen in mein brennend Herz, und
hierdurch lern' ich die Jugend anschauen, und
hierdurch lern' ich, daß seine Jugend allein mich
erfüllen sollte, eben deswegen auch mache ich keine
Ansprüche mehr auf Dich.

Du hast zur Clodin gesagt, ich wüßte, warum
Du Dich mit mir entzweit hättest. Ich weiß es
aber nicht und ich denke, Du wirst es billig
finden, meine Fragen darüber zu beantworten,
nicht um Dich, sondern um mich zu berichtigen.
Ich habe bis jetzt geglaubt, der Creuzer hab' etwas
gegen mich, oder die Servieres hätten mir die
Suppe versalzen; es sei dem allen nun, wie ihm
wolle, ich verspreche Dir, mich nicht weißbrennen
zu wollen, wie Du vielleicht denkst, oder Dir Vorwürfe zu machen, erlaub also, was ich fordern kann.

Wenn mir mein Freund das Messer an die
Kehle gesetzt hätte und ich hätte so viele Beweise
seiner Liebe, so freundliche, so aufrichtige Briefe
von ihm in Händen gehabt, ich würde ihm dennoch getraut haben. Die Briefe mußt Du mir
wieder geben, denn Du kömmst mir falsch vor, so

lang Du sie besitzest, auch leg' ich einen Wert
darauf, ich habe mein Herz hinein geschrieben,
                                   Bettine Brentano.

Die chronologische Ordnung, die ich den Briefen gegeben habe, ist für den dritten und vierten Brief ganz
unzweifelhaft. Der dritte (Seite 153—158) spricht von
Marburg, dem alten Festungsturm, den Bettina in ihren
gedruckten Briefen so oft beschreibt und poetisch ausschmückt,
schildert auch die Stimmung ihrer Umgebung (Savignys
und der Seinen) über ihre Extravaganz völlig wie in
den gedruckten, aus Marburg stammenden Briefen, die
nach den obigen Ausführungen nur dem Winter 1805
angehören können. Der vierte (Seite 159—161) ist sicher
der letzte der ganzen Korrespondenz, unmittelbar vor der
faktischen Trennung. Der Brief mit den Anfangsworten:
„Lieber Günther" (Seite 142—148) muß die erste Stelle
einnehmen, weil die Gedichte der Günderode Anfang 1804
erschienen und gewiß bald gelesen wurden, weil ferner hier
der Aufenthalt Karolinens auf Trages bei den eben ver-
mählten Savignys vorausgesetzt wird (siehe oben Seite 41).
Der Brief mit den Anfangsworten „ich möchte Dir"
(Seite 148—153) gehört dann an die zweite Stelle, weil
die darin angeführte Rezension erst im April erschien.
    Die Briefe sind vor allen Dingen deswegen wichtig,
weil sie, wie gleich die Notiz am Anfange, lange Pausen

in dem Briefwechsel konstatiren, ferner weil sie eine ge=
wisse Entfremdung, Spannung des Verhältnisses zeigen.
Aber sie bieten auch köstliche Beiträge für das springende
Wesen Bettinas, ihr liebedürftendes Gemüt, ihr fein=
sinniges Empfinden der Natur, ihre Hochschätzung der
Poesie Anderer und ihr geringes Zutrauen zu ihrer
eigenen poetischen Kraft, zugleich freilich ihre ganze
Eigenwilligkeit und ihre völlige Ungerechtigkeit gegen
andere, namentlich ältere Personen. Die von Bettina
hier angedeuteten Dinge, ihr Geschichtsunterricht, ihre
Musikstudien, ihre Beschäftigung mit dem Zeichnen
werden in den gedruckten Briefen gleichfalls behandelt.
Man kann die hier gegebene Darstellung mit einer
kurzen Melodie vergleichen, die dort mit unendlichen,
oft ermüdenden Variationen verbrämt wird.

Bettina schreibt häufig über den Geschichtsunterricht,
den sie dreimal wöchentlich bei dem Lehrer Arenswald
nahm (vgl. „Die Günderode“ Seite 96, 127), über die
trockenen Aufzählungen der ägyptischen Könige, während
sie Näheres von der menschlichen Physiognomie jedes
einzelnen wissen wollte. Karoline ermahnte sie, eine
Weile dabei zu beharren, und suchte ihr den Nutzen
darzulegen, den geschichtliches Wissen für den Augen=
blick, aber auch für die Zukunft ihr bringen müsse.
(Vgl. besonders noch a. a. O. S. 102, 108, 113.)
Auch der musikalische Unterricht — der Lehrer hieß

Hoffmann — wird mehrfach berührt (vgl. a. a. O. S. 100).

Von Einzelheiten ist folgendes zu erwähnen. Der Seite 142 erwähnte Brief „von der Hessenpost" ist offenbar aus Marburg, ein Brief von Clemens; merkwürdigerweise findet sich das hier mitgeteilte große Lob, das Clemens über die Gedichte der Günderode ausspricht, nicht im „Frühlingskranz", wo Bettina doch so manche Aeußerungen ihres Bruders über die Freundin wiedergibt. Der „alte Klausner" (Seite 157) und „Clodin" (Seite 160) ist die im Brentanoschen Hause allgemein verehrte Claudine Piautaz (Steig „Arnim und Brentano" I Seite 73), jedenfalls dieselbe wie die oben (Seite 41) erwähnte Clödchen.

Ueber diese Claudine heißt es ferner an einer Stelle eines noch unten zu benutzenden Brieffragments eines unbekannten Schreibers.

„Claudine ist immer noch nicht besser. Sie grüßt Dich in ihrer Herzlichkeit und auch Dein Schwesterlein. Wir haben Sie nun einem andern Aeskulap in die Hand gegeben und hoffen, daß nun dieser aus dem echten Stamm ist."

Die Seite 157 gegebene Schilderung der Zimmer Bettinas und ihrer Schwester, sowie der Wohnung Savignys stimmt, wie mir scheint, nicht recht zu der poetischen Ausmalung, die Bettina in ihren gedruckten

Briefen von diesen Räumen gibt. Mit der Rezension
Goethes über jetzige Dichter (Seite 149) kann recht wohl
die berühmte große Besprechung über Voß' Gedichte
gemeint sein, die zuerst in der „Jenaer Literaturzeitung"
vom 16. und 17. April 1804 erschien und jetzt zum Beispiel bei Hempel, Band 29, abgedruckt ist und ungefähr
an das anklingt, was Bettina als Goethes Meinung
berichtet.

Die wichtigste Stelle dieser Briefe Bettinas ist aber
offenbar die über die Mutter Goethes (Seite 160). Sie
bringt zwar nichts wesentlich Neues, aber eine merkwürdige und dabei herrlich ausgedrückte Bestätigung einer
Nachricht, die bisher ein gewisses Bedenken erregen mußte.
In dem „Briefwechsel Goethes mit einem Kinde" kommt
nämlich die Stelle vor (I, Seite 67): „Am zweiten
Tag ging ich des Wegs, wo ihre Wohnung war, da sah
ich die Wohnung von Goethes Mutter, die ich nicht
näher kannte und nie besucht hatte; ich trat ein. Frau
Rath, sagte ich, ich will Ihre Bekanntschaft machen, mir
ist eine Freundin in der Stiftsdame Günderode verloren gegangen und die sollen Sie mir ersetzen; —
wir wollen's versuchen, sagte sie und so kam ich alle
Tage und setzte mich auf den Schemel und ließ mir
von ihrem Sohn erzählen."

Der an letzter Stelle mitgeteilte Brief ist ganz gewiß der letzte, den Bettina an Karoline geschrieben hat.

Ihre Angabe („Goethes Briefwechsel mit einem Kinde"), die unmittelbar auf die eben mitgeteilten Worte folgt, sie habe die Berichte, die sie aus dem Munde von Goethes Mutter vernommen, an die Freundin geschickt, ist gewiß unrichtig. Von einem besonderen persön= lichen Interesse Karolinens für Goethes Jugend ist wenig oder nichts bekannt. Allerdings befindet sich, wie schon kurz erwähnt, der von Bettina („Die Günderode" Seite 405) bruchstückweise mitgeteilte Brief Goethes an Jacobi abschriftlich in Karolinens Nachlaß. Aber diese Mitteilung eines gedankenreichen Briefs, der mit dem Ideenkreise Karolinens verwandt war, berechtigt nicht, eine besondere persönliche Teilnahme der Genannten an Goethes Jugendschicksalen anzunehmen. Ebenso wenig zutreffend ist Bettinas Angabe, sie habe von Karolinen aus ihrem letzten Aufenthalt in Winkel Nachrichten er= wartet, denn der oben mitgeteilte Brief ist so völlig ein Abschiedsbrief, daß eine weitere Korrespondenz, da die von Bettina gewünschte Aussprache ganz gewiß nicht stattgefunden hat, überhaupt undenkbar ist.

Ueber die Motive der Trennung ist schon oben an= deutungsweise gesprochen worden. Bei einer so geheim= nisvollen tiefen Natur wie der Karolinens, bei einem so lebenatmenden, impulsiven, leicht von einem zum andern springenden Wesen, wie dem Bettinens war ein Bruch unvermeidlich. Die Ahnung eines Bruches,

freilich eines, der durch einen frühzeitigen Tod hervor-
gerufen würde, kommt in manchen Briefen Bettinens
zum Ausdruck. Mag auch das, was Bettina in dem
Briefwechsel mit Goethe über Karolinens Selbstmord-
gedanken und ihre Spielereien mit einem ihr gehören-
den Dolche erzählt, Fabel und die gelegentliche Polemik
der Bettina („Günderode" Seite 27) gegen den Selbstmord eine später eingefügte Stelle sein, so wird andererseits das Wort, das Bettina der Freundin mehrfach in
den Mund legt: „recht früh sterben", gar wohl ihren
Gedanken entsprechen. Das Leben bot ihr wenig.
Sie hatte ein sehr geringes Vermögen und war daher
nicht in der Lage, ihr Leben nach eigenem Gutdünken
zu gestalten; sie hatte eine zarte Gesundheit und war
von manchen Leiden heimgesucht, die sie an dem vollen
Gebrauch ihrer Kräfte hinderten, manche Freude des
Lebens, selbst die Lektüre erschwerten; endlich aber er-
lebte sie das Schlimmste, was einem Weibe beschieden
ist: Täuschung in der Liebe, ja geradezu Betrug seitens
des Geliebten.

Daß sie ehedem Savigny liebte, aber ihn nicht erlangen konnte, wissen wir. Sie mag auch sonst mannigfach als ganz junges Mädchen für Männer geschwärmt
haben. Denn die leichte Entzündlichkeit von Karolinens
Herz wird vielfach, freilich nicht von ganz einwand-
freien Zeugen, bestätigt. Am 11. April 1805 schreibt

Clemens an seine Gattin (die folgenden Stellen aus Steig, Arnim, Bd. 1): „Die Günderode, die Vertraute Bettinens, welche einige mir unbekannte Liebes=verhältnisse hier hat, hat dieser den Winter Ge=schichte gelehrt, ihr Mahomet wird jetzt bei Wilmanns gedruckt; sie ist nichts weniger als unglücklich oder traurig, sie ist recht ernsthaft und hat an Bestimmtheit gewonnen, ich sah sie einmal, sie geht ungern in unser Haus." Sehr merkwürdig, aber kaum glaublich ist der Bericht, den gleichfalls Clemens an Arnim schickte (16. Juli 1806), Leo von Seckendorf sei in Frankfurt herumgelaufen, „die Günderode hat sich in ihn verliebt". Andererseits ist Arnim geneigt, Brentano als einen der Liebhaber der Günderode hinzustellen. Denn als Bren=tano nach Heidelberg zurückkehren wollte, schrieb ihm Arnim (6. Februar 1808), dem stehe entgegen, „daß Du mit den meisten Leuten versetzt bist", zum Beispiel glaube „Creuzer, daß Du ihm die Günderode hast entführen wollen."

Dafür, daß die Freunde ihr eine leichte Hinneigung zu Männern zuschrieben, spricht auch das folgende Stück aus dem Fragment eines nicht unterschriebenen Briefes, dessen Handschrift mir unbekannt ist:

„Der Herr N. N. mag wohl in seiner Jäger=kleidung eine für Dein Herz gefährliche Form haben. Allein in der Entfernung scheint mir der

Spanier, der sich nicht will blicken lassen, unbe=
wußt seiner, einen fürchterlichen Plan gegen Deine
Ruhe im Schild zu führen. Ich ahnde in ihm
den Helden aller eurer Abenteuer; und bitte Dich,
dieser Ahnbung gemäß zu handeln und womöglich
zu fühlen."

Aber die Leidenschaft ihres Lebens war Creuzer.
G. F. Creuzer war ein gelehrter Philologe und
Historiker, der sich besonders um die Ausgabe und Er=
klärungen der griechischen Geschichtsschreiber Verdienste
erwarb, auf Sabignys Anregung sich mit römischen
Altertümern beschäftigte, später sich der neuplatonischen
Literatur zuwandte und der antiken Denkmälerkunde
manchen Beitrag widmete, seinen Namen aber haupt=
sächlich an symbolische und mythologische Studien knüpfte,
denen sein von 1810 bis 1812 erschienenes, 1819 bis
1821 völlig umgearbeitetes, zu seiner Zeit großes Auf=
sehen erregendes Hauptwerk gewidmet ist. Ein Urteil
über dieses Werk und seine Bedeutung kann hier nicht
versucht werden. Es genügt, darauf hinzuweisen, daß
seine Ansichten von den Romantikern, die Creuzer zu
den Ihren rechneten, außerordentlich gepriesen, bei anderen
Zeitgenossen dagegen schon beim Erscheinen oder un=
mittelbar nachher heftigen Widerspruch fanden. Den
meisten Zeitgenossen galt der häßliche, später infolge
mancher Aeußerlichkeiten absonderliche, um nicht zu sagen,

lächerliche Mann als der Typus eines deutschen Professors, dem wohl die wenigsten leidenschaftliche Empfindungen zutrauten und dem gewiß keiner die Erregung
heftiger, verzehrender Neigung zuschrieb.

Creuzer, geboren 10. März 1771, gestorben
16. Februar 1858, hatte sich in Marburg, seiner Ge-
burtsstadt, wo er als Professor von 1798 bis 1804
lebte, mit der um 13 Jahre ältern Witwe des Professors Leske verheiratet, deren Kinder nun unter seiner
Fürsorge aufwuchsen, und lebte von 1804 an in Heidelberg. In seiner Selbstbiographie (Deutsche Schriften V,
Darmstadt und Leipzig 1848) gedachte er jener Lebens=
episode mit keinem ausdrücklichen Worte; nur in zwei
Anspielungen kam er darauf zu reden. Die eine findet
sich bei der Schilderung des Savignyschen Kreises in
Marburg, wo es heißt (Seite 27): „Ich bin es der
Wahrheit schuldig, zu bemerken, daß ich fast lauter
erfreuliche Erinnerungen aus jener Zeit aufbe-
halten habe." Die andere bei der Darstellung der
ersten Heidelberger Zeit (Seite 38), bei der er meint,
er habe viel Lob und Anerkennung gefunden, „wenn ich
auch jene Zeit als eine Periode schwerer Seelen-
— und Körperleiden stets in ernster Erinnerung
behalten werde." Einer der wenigen Biographen, die
Creuzer gefunden hat, K. B. Stark (die Biographie

wieder abgedruckt in Vorträgen und Aufsätzen, herausgegeben von G. Kinkel, Leipzig 1880) sagt: „Creuzer
hatte mit schwerem innerem Kampfe im Frühling 1806
den gefährlichen Irrweg einer Lösung der lang bestehenden
Familienbande unter der Obmacht einer romantischen
Liebe zu der Stiftsdame Karoline von Günderode glücklich am entscheidenden Wendepunkt abgewiesen. Dem
tragischen Ereigniß ihres freiwilligen Todes war die
innere Umkehr Creuzers vorausgegangen." In Anmerkungen dazu (Seite 486) sagt der Verfasser oder
Herausgeber: „Nachforschungen, die wir durch befreundete Hand anstellen ließen, ergaben, daß der Briefwechsel zwischen ihr und Creuzer, welcher in den
Händen ihrer nächsten Freundin, der Frau Methingh [?]
geschiedenen Frau von Rees von Esenbeck, sich lange
befand, nach dem Tode derselben verbrannt worden ist."
(Es soll jedenfalls heißen: Frau von Rees geb. von
Mettingh.)

Auch in dem mir vorliegenden Teile des Nachlasses
der Günderode ist keine Spur eines Briefwechsels zwischen
ihr und Creuzer zu finden. Selbst über den Beginn
der Bekanntschaft werden wir durch die neue Quelle nicht
unterrichtet. Man könnte nur die Vermutung wagen,
daß Karolinens Bekanntschaft mit Creuzer durch den
Theologen Daub vermittelt worden sei, der wahrscheinlich schon von Marburg her mit Creuzer in engster

Verbindung stand. Daub seinerseits wurde durch seine Frau dem Kreise der Günderode nahe gebracht.

Daubs Frau nämlich ist Sophie Blum aus Hanau und war mit den Günderodischen Mädchen befreundet. Daub war 1794 nach Hanau aus Marburg wegen seiner Anhänglichkeit an die kantische Philosophie straf-versetzt worden. Er lernte bald das viel jüngere Mäd-chen kennen (er ist 1765 geboren), zögerte aber ein ganzes Jahr, ehe er sich erklärte. Die Ehe wurde im Herbst 1796 geschlossen, unmittelbar vor Daubs Ueber-siedelung nach Heidelberg, die Frau überlebte den am 19. November 1836 verstorbenen Gatten.

Diese Sophie Daub muß den Schwestern Günde-rode sehr nahe gestanden haben. In den Briefen Charlottens an Karoline wird sie als eine Vielum-worbene genannt; Daub, der den Sieg davontrug, lebte nach derselben Zeugin sehr glücklich mit ihr. Auf diese Sophie (Sophie Brentano, Clemens' Schwester, kann es nicht sein, weil sie unverheiratet 1800 starb, Sophie, Clemens' Frau auch nicht, weil sie 1801 nicht in Karolinens Nähe lebte) beziehe ich auch das nach-folgende Stück aus einem Briefe der Karoline an Herrn von Hoim, den Vermögensverwalter der Günde-rodischen Familie (14. November 1801):

„Sophie hat uns nicht von unserer Mutter zu entfernen gesucht, sondern, welches wir nur

allein wissen können, hat uns immer mit Liebe
und Achtung von ihr gesprochen. Ich hätte Zu-
sammenkünfte bei ihr gehabt? Das ist, wie ich
auch am besten wissen muß, nicht wahr. Sie war
es, die mir immer von diesem Verhältnis abriet.
Was Sie von Sophiens Gesinnung gegen ihren
Mann sagen, übergehe ich mit Stillschweigen. Der
Gegenstand scheint mir so delikat, so ganz außer
der Sphäre eines dritten, daß er nicht zur Unter-
haltung eines Fremden dienen kann."

Freilich handelt es sich in dieser Stelle, die man
auch als neuen Beleg dafür annehmen kann, daß man
Karoline mancherlei Beziehungen zu Männern zuschrieb,
schwerlich um Creuzer, da es kaum glaublich erscheint,
daß ein derartiges Verhältnis fünf Jahre lang gedauert
haben sollte.

Während wir daher über die Anknüpfung des Liebes-
verhältnisses durch unsere Quellen nicht unterrichtet werden, empfangen wir über die Beziehung selbst einige
höchst merkwürdige Nachrichten, die, ohne uns völlige
Aufklärung zu verschaffen, doch geeignet sind, manches
neue Licht auf diese seltsame und so folgenreiche Verbindung zweier merkwürdigen Menschen zu werfen.

Die Mitteilungen mögen in einer vermutungsweise
richtigen Aufeinanderfolge — auch die Briefe der Lisette
sind undatirt — gegeben werden. Lisette schreibt:

„Siershausen 3. April. Von Creuzer kann ich mir doch gar keine rechte Vorstellung machen: Deine und der Hayden Aeußerungen über ihn betreffen nur immer eine Seite seines Gemütes; wenn Du einen Brief von ihm hast, der nicht gerade etwas besonderes betrifft und mir eine Anschauung von ihm zu geben vermag, so teile mir ihn doch mit."

Später ist gewiß die folgende Aeußerung:

„Ich freue mich, daß Du an Creuzer einen Freund gefunden hast, der Dich liebt und versteht. Es gibt deren wenige für Dich, aber auch Clemens solltest Du nicht entfernen, Du liebst ihn zuweilen, wenn Dich seine Poesie hinreißt; Du glaubst ihm auch, was er Dich lehren will, nur mich dünkt schon, aus Deiner eigenen Kraft könntest Du Deinem äußern Leben den Ausdruck der Freiheit des innern geben. Ohne es zu wollen, hast Du durch Herausgabe Deiner Gedichte Dir schon ein leichtes Spiel gemacht."

Dann muß noch im Jahr 1804 — aus demselben Jahre stammen die eben mitgeteilten zwei Bruchstücke — Lisette durch Karolinens Vermittlung mit Creuzer in direkte Verbindung gekommen sein. Noch später (24. Februar 1806) läßt sie durch Karoline ihren Dank für die von jenem erhaltene Uebersetzung der Fiammetta (von

Sophie Brentano-Mereau) ausdrücken. 1804 aber
schrieb sie:

„Vor einigen Wochen erhielt ich einen Brief
von Creuzer. Sein stiller Schmerz rührt mich.
Verzeihe mir, ich wünsche, die vorige friedliche
Unbefangenheit seines Innern wäre ganz so wieder-
hergestellt; ich achte ihn als geistvollen Gelehrten,
denn er scheint die Alten würdiger aufzufassen als
Viele. Seine Schrift über die historische Kunst
der Alten ist in der Jenaischen Literaturzeitung
angezeigt und rezensirt wahrscheinlich von Savigny,
der manches daran rügt, was Creuzer ganz anders
und besser verstand. Ich habe Creuzer dieser
Tage geantwortet und hoffe, daß mein Brief dennoch
richtig ankommen wird, obgleich ich seine Adresse
nicht genau wußte . . . Hast Du Wilhelm Tell
von Schiller schon gelesen, so sage mir doch, was
Du davon hältst. Wir haben ihn immer noch
nicht bekommen. Je mehr ich Shakespeare kennen
lerne, desto klarer wird mir Schillers Mangel
an Originalität. Jeder seiner Charaktere läßt sich
in Shakespeare nachweisen. Nees las mir neulich eine kleine Broschüre über Kants letzte Lebens-
jahre. Weißt Du, daß Kant in diesem Jahre auf
Deinen Geburtstag zur Zeit der Sonnenfinsterniß
starb?"

(Kant starb am 12. Februar 1804, Karolinens Geburtstag ist der 11. Februar.)

Schon aus diesem Briefe geht die trübe Stimmung der Liebenden hervor. Aber sie erscheint nur traurig, nicht trostlos. Den Beginn der Trostlosigkeit dagegen erkennt man aus dem folgenden undatirten Briefe einer mir sonst völlig unbekannten Schreiberin. Lisette ist es gewiß nicht: man muß an eine in der Nähe Frankfurts, auf dem Lande, auf einem Gute lebende, mit Frankfurter Familien eng befreundete, ja verwandte, zugleich Karolinen sehr nahestehende Dame denken, am nächsten liegt es, Karoline von Barkhausen (oben S. 9 ff.) als Schreiberin zu vermuten. Ihr Brief lautet:

(Den 11. August? 1805?)

Ich kann mich nicht recht freuen, Dich wieder zu sehen, weil Unglück es ist, was Dich früher mir wieder gibt. Könnte ich so gut einen Plan, Dich glücklich zu machen, auffinden als die Möglichkeit Er. zu sprechen, dann wollte ich fröhlich sein. Wahrscheinlich sind es die Ferien, wo Er. herkommen soll, um diese Zeit bin ich noch hier; dann kann ich Dir meinen Saalschlüssel geben und ihr gehet von eins bis vier Uhr dahin, dies ist die Zeit, wo ich beinah gewiß sein kann, daß niemand von den Meinen da ist. Wenn ihr nur

ohngefraget vor den Guaita'schen Mädchen vorbei
kommet, so sehe ich kein anderes Hindernis. Einmal kann auch Cr. hier haußen bei uns sein,
mit uns essen und den Abend können wir zusammen auf die abgelegene Wiese gehen. Aber
dies alles sind Palliative; wüßte ich doch ein
Mittel, das Dich ganz mit ihm vereinigte! Ich
will Dir Cr. Brief schicken, es macht Dir doch
wohl Freude. Mir scheint nicht, als sehe er die
Möglichkeit einer Vereinigung; nur ein Wunder
kann euch zusammenführen: Tod oder Geld;
beides liegt in des ewigen Schicksals Hand und
unergründlich ist sein Wollen. Glaubst Du nicht
mit Minens und Hektors Einwilligung unter
angenommenen Namen weg zu können und mit
Sophiens Wille bei Cr. zu sein? Mine scheint
milder zu sein und Hektor ist gut, überlege es
wohl. Glaubst Du nicht, daß es sie beruhigen
würde, wenn Du für die übrige Welt tot wärest,
für ihren Ruhm Deinen Namen aufgäbest? Ich
glaube aber, daß Cr. Dich zu sehr liebt, um dies
Aufgeben Deiner selbst zu dulden. Es ist Dir
nicht genug, zuweilen etliche Wochen um Cr. zu
sein, das könnte ich in der Folge wohl einrichten!
Beste Lina, wie nichtig ist alles, ein Fiebertraum
das schönste Leben, ist es bedeutend für das ewige

Sein, ob ich schrecklich oder angenehm träumte?
Nur das ist traurig, daß auch das wie das Er-
wachen uns verborgen ist. Gott segne Dich, Engel,
und gebe Dir Trost!"

Der abenteuerliche in diesem Briefe entwickelte Plan,
mit dem Geliebten zu leben, der übrigen Welt aber zu
entsagen, mag Karolinens romantischer Gemütsart wohl
zugesagt haben. Sie entwickelte ihren Plan der Freundin
Lisette und empfing von dieser eine Antwort, die Herz
und Verstand dieser Frau im besten Lichte zeigt. Der
Brief, der, wie fast alle hier in Betracht kommenden
Schriftstücke, undatirt ist, gehört gewiß in die letzte Zeit
von Karolinens Leben, Ende 1805 oder Anfang 1806.
Leider bricht er' in der Mitte ab, trotzdem ist er
durch seine Ratschläge, Warnungen, Mitteilungen über
Stimmung und Gesinnung der Beteiligten ein ungemein wertvolles Aktenstück. Der am Schluß angedeutete
Freund ist wohl Daub. Der Brief selbst, soweit er erhalten ist, lautet wie folgt:

"Du sagtest mir schon früher einmal, daß Du
Wohlgefallen an einem Leben haben könntest, das
Tod für alles, aber desto frischeres Leben für
alles Schöne und Große enthielte; ich freute mich
damals selbst dieses Gedankens; aber erinnere Dich

dabei, wie er damals auf Veranlassung Deiner
Neigung zu Savigny entstand und Du es schön
fandest, mit ihm und Gunda so vereint zu leben.
— Wie Du jetzt diese Idee wieder erneuerst, ist
sie nicht schön, nicht gut und nicht groß. Von
allem diesem nur ein Afterbild. Da Du ganz
ohne Leidenschaft handelst, so darf ich allen An=
spruch auf Deine Besonnenheit machen, Dir aber
schwindet alles vor der einzigen Idee, die Du
dabei selbst verkennst. — Du hast Dich selbst über=
redet, Dein einziger Zweck sei, C. glücklich zu
machen, und doch ist es nur die Ausführung dieses
Wunsches, dem Du Creuzer und Dich opferst. —
Sage mir doch, wie meinst Du es mit diesem
Glücklichmachen Creuzers? Du willst mit ihm
gehen als Mann und sein Freund sein. C. liebt
Dich ganz, Deine Seele und Deinen Leib, —
entweder sein Leben ist ewiger Kampf, den er
nimmer zu ertragen im stande ist, wenn er Dich
liebt, oder er widerstrebt nicht lange. Hier wird
er Dir widrig, wenn Du kein Gefühl für ihn hast
und die Natur in ihm doch nur stärker ist, nicht
als seine Liebe oder Treue, sondern als Deine un=
natürliche Forderung, oder Du ergibst Dich ihm und
stirbst dann. — Sage mir, wo ist hier Creuzers
Glück? Sein böses Schicksal muß er verfluchen!

Noch unglücklicher kann er aber durch Dich werden. Du lebst in Männertracht bei ihm unter Männern. Glaubst Du, daß es möglich sei, ihnen lange Dein Geschlecht zu verbergen? Wenn man es erfährt, so ist seine Ehre auf der ganzen Universität sehr angegriffen und Du stehst dem Urteil der Welt so bloßgegeben da, wie Du es nie als Weib sein würdest. — Du mußt ihn verlassen, nicht wahr? oder unter den vielen Männern gewinnt einer Deine Liebe. Schönheit und Jugend reizt gewaltsam Deinen Sinn oder auch nur Deine Phantasie; liebt C. Dich, so wird er unglücklich und das um so mehr, je weniger er Dich beschränken will. — Glaubst Du, daß in dem Kampf, den C.'s. Leiden und sein edler Sinn auf der einen und Deine Liebe auf der andern Seite in Dir erregen müssen, Du einen andern Ausweg suchen wirst als den Tod? Für Dich ist es leicht, aber Du wolltest ja C. beglücken! Ich habe hier das alles bloß in Hinsicht auf ihn erwähnt, um Dich aufmerksam zu machen, wie Du selbst diesen angeblichen Zweck verfehlst. Du würdest Dich eine Zeit lang leicht in diesem Element bewegen. Das Wunderliche und Abenteuerliche ist Dir reizend; wann aber sein Reiz erblassen würde, könnte ich Dir leicht aus denselben Gründen

prophezeien. Du fürchteft den Tod nicht; aber
für wen würdeft Du denn eigentlich fterben?

Die Phantafie würde fich an Dir rächen,
daß Du fie aus ihrem eigentümlichen Gebiete der
Poefie und Kunft in die bürgerlichen Verhältniffe
haft übertragen wollen, wo fie ftirbt und Dich
verzehrt.

Creuzer liebte Dich erft, weil er in Deinen
Blicken Liebe zu lefen glaubte; feine Liebe war
nicht heftig und gewaltfam, denn ohne den Vor=
fchlag feines Freundes hätte er fich mit einem
Verhältniffe begnügt, das ihm Dich öfters zu
fehen erlaubt hätte.

Er ift es, der Dir feine äußere Exiftenz —"

Der eben mitgeteilte Brief ift auch deswegen un=
gemein wichtig, weil er als Vorfpiel zum fünften Akte
der Lebenstragödie Karolinens bezeichnet werden kann.
Denn einen tragifchen Abfchluß mußte dies Leben haben.
Karoline kämpfte den vergeblichen Kampf zwifchen
Mädchenehre und Leidenfchaft, Creuzer den zwifchen
der Luft am bequemen, bürgerlichen, durch die Achtung
feiner Mitbürger und Genoffen verfchönten Wohlleben
und der Verpflichtung, die er mit Worten oder Thaten
einer Unfchuldigen gegenüber eingegangen war. Mochte,
wie aus dem letztangeführten Zeugnis hervorgeht, feine

Leidenschaft, wie sie erst der des Mädchens entkeimt war, der starken, fortreißenden des Weibes nicht völlig gleichen, allmählich wich er der Forderung eines ge= meinsamen Lebens, die Karoline stellte.

Denn daß Creuzer schließlich mit ähnlicher Leiden= schaft wie Karoline dachte und fühlte, geht aus der Stelle eines seiner Briefe an Savigny hervor (mit= geteilt von G. Weber, Heidelberger Erinnerungen Stuttgart 1886, S. 110 ff.; auf dies Buch hat mich E. Jeep freundlich aufmerksam gemacht): „Das Ueber= maß ist Gebot und Sinn meines Lebens geworden. Das fühlte ich schon längst, jetzt aber weiß ich's. Ohne Maß lieben, hoffen ohne Maß, verzagen ohne Maß ist der Ton meines Lebens, innerlich betrachtet, und ohne Maß arbeiten ist das äußerliche Gebot. So viel siehst du aus meiner dürftigen Mitteilung, daß ich in der Seligkeit unglücklich bin." Er fluchte in demselben Briefe dem Zwange, an seine ältere Frau gefesselt zu sein. Nur an ein freiwilliges Scheiden aus dem Leben wollte er nicht denken und gestand sogar, Karoline, „welche Ideen der Art gern nährt", entschieden wider= sprochen zu haben.

Von Karolinens Seite besitzen wir kein brief liches Geständnis ihrer Liebe. Wohl aber wurde vor einigen Jahren (Weber a. a. O. S. 220 fg.) ein Gedicht be= kannt, das ihre Stimmung kennzeichnet. Seine Authenti=

zität scheint mir freilich nicht über alle Zweifel erhaben.
Es ist eine seltsame Mischung irdischer und himmlischer
Stimmung; fast möchte man einen wirklichen Engel,
keinen Menschen als Adressaten sehen. Der Anfang
des Gedichts lautet:

An meinen Heiligen.

Den Weisen aus dem Morgenlande
Ging einst ein heller Stern voran
Und führte treu sie ferne Pfade,
Als sie das Haus des Heilands sahn.
So leuchte über meinem Leben,
Laß glaubensvoll nach dir mich schaun,
In Schmerzen, Tod und in Gefahren
Laß mich auf deine Liebe traun!
Mein Auge hab' ich abgewendet
Von allem, was die Erde gibt,
Und über alles, was sie bietet,　　.
Hab' ich dich, Trost und Heil, geliebt.

Dann heißt es:

Mein Herz ist still, die Stürme schweigen,
Mir g'nügt es, dich im Geist zu schaun;
Dich ewig liebend zu betrachten,
Auf deine Liebe still zu baun.

Doch gewiß versuchte das Mädchen, von Zeit zu
Zeit der Resignation sich zu entwinden, sie hing dem
Gedanken nach, mit dem Geliebten vereint zu werden.

Es scheint nach dem, was gleich darzulegen ist, daß Creuzer ein bestimmtes Heiratsversprechen gab, dessen Erfüllung die Scheidung von seiner Frau vorausgehen mußte. Aber eine recht freudige Stimmung mochte weder bei ihm noch bei der Geliebten aufkommen.

Vielmehr hatte Karoline, durch das lange Zögern ihres Freundes veranlaßt, wohl mit dem Leben abge= schlossen. „Sie konnte nicht leben ohne Liebe, ihr ganzes Wesen war aufgelöst in Lebensmüdigkeit," schrieb nach ihrem tragischen Ende ihre intime Freundin Susanna von Haiden, geborene von Mettingh, die von sich selbst bekannte: „Kein Mensch kannte diesen Engel so wie ich."

Nach schweren körperlichen und seelischen Leiden war Karoline im Frühjahre 1806 mit zwei Freundinnen, Pauline und Lotte Servière, nach Winkel am Rhein gekommen, wo sie bei einem Kaufmann Mertens aus Frankfurt wohnte. Dort vollzog sich ihr trauriges Schicksal.

Ueber die Veranlassung ihres Todes war man lange nicht unterrichtet. Die erste Nachricht, die in das Publikum drang, und zwar noch zu Lebzeiten Creuzers, war die Mitteilung, die Heinrich Voß im Jahre 1806 nach Weimar gelangen ließ. Heinrich, der Sohn des bekannten Uebersetzers der Odyssee, des großen Philologen, der von Jena nach Heidelberg gezogen war, folgte, nachdem er die letzten Jahre in Weimar in der unmittelbaren Nähe Schillers und Goethes gelebt hatte, im Herbst 1806 einem Rufe nach Heidelberg. Da er also in der kritischen Zeit nicht in Heidelberg anwesend war, so hat man seine Mitteilung, von der er übrigens behauptete, daß er sie nicht in Heidelberg, sondern in Frankfurt bei seiner Durchreise gehört habe, angezweifelt, aber, wie wir sehen werden, mit Unrecht. Sein Brief findet sich in dem literarischen Nachlaß der Karoline von Wolzogen, Leipzig 1848, Band II. Er berichtet, daß Creuzer die Absicht gehabt habe, sich von seiner Frau scheiden zu lassen, und von der gefügigen Frau auch die Einwilligung dazu erhalten habe. Dann aber sei er von einer schweren Krankheit ergriffen worden, in der er von seiner Frau auf die aufopferndste Weise gepflegt worden sei. Seine fernere Erzählung mag hier mit seinen Worten wiedergegeben werden. „In den ersten Tagen des wiederkehrenden hellen Bewußtseins versammelte er seine Freunde um sich und erklärte ihnen feierlich, seine Seele habe vor Gott gestanden, jetzt erschiene ihm sein irdisches Verhältnis in einer ganz andern Gestalt; er wolle in ihrer Gegenwart seiner Frau das ihr widerfahrene Unrecht abbitten." Gegen dieses Zeugnis von H. Voß hat man zunächst seine feindliche Stellung zu Creuzer ins Feld geführt. Das geht jedoch deswegen nicht an, weil die

Feindseligkeiten zwischen beiden erst viel später begannen. Damals stand Voß mit Creuzer, namentlich mit dem diesem engverbundenen Daub noch sehr gut. (Vergl. seinen Brief an Goethe, 7. Dezember 1806, Goethe-Jahrbuch Bd. V, Seite 51). Der Vossischen Erzählung steht sodann eine nach dem Tode Creuzers von dessen Nachkommen 1862 infolge einer Aufwärmung der Vossischen Erzählung erlassene Berichtigung entgegen, des Inhalts: Creuzer sei erst nach dem Tode der Günderode an einem Nervenfieber erkrankt, nicht vorher; alle an die Krankheit geknüpften Folgerungen seien daher unrichtig. Gegen dieses Zeugnis der Nachkommen Creuzers ist darauf hinzuweisen, daß sie ein Interesse daran haben mußten, Creuzers Handlungsweise, die den Seinen zwar erwünscht, doch immerhin einen Treubruch gegen die Geliebte darstellte, in ihrem Sinn zu beurteilen und zu glorifizieren, sodann daß im Jahre 1862, also mehr als ein halbes Jahrhundert nach jenem Ereignis, schwerlich Zeugen übrig waren, die Creuzers Gesinnung genau kannten oder selbst im stande waren, sich der einzelnen Ereignisse jener entschwundenen Zeit ganz genau zu erinnern. Eine gewisse Bestätigung allerdings scheint jene Erklärung der Creuzerschen Familie durch ein Zeugnis der obengenannten Susanna zu erlangen. In einem von Schwartz mitgeteilten, an Hektor von Günderode, den Bruder Karolinens, der in

Heidelberg studirte, gerichteten Briefe, schrieb sie wenige
Wochen nach dem Tode der Freundin: „So auffallend
es Creuzer, da er von Linens Tod noch nichts weiß,
sein müßte, wenn Sie die Sachen zurückbegehrten, so
natürlich im Gegenteil wird er es finden, Linen noch
am Leben wähnend, wenn ich darauf bringe; auch wird
er sie leichter jetzt geben, als wenn er sie todt weiß,
denn nun muß er glauben, es sei Linens eigener Wille,
und wir brauchen zu keinen heftigen Mitteln unsere
Zuflucht zu nehmen.“

Doch könnte man freilich annehmen, daß Susanna
von der Erkrankung Creuzers nichts gewußt habe. Das
Zeugnis Vossens aus dem Jahre 1806, das 1848
veröffentlicht wurde, erlangte 20 Jahre später, 1868,
durch einen Artikel Max Rings in der Gartenlaube
eine Bestätigung. Dieser Artikel gab im wesentlichen
eine Unterredung wieder, die der genannte Schriftsteller
im Jahre 1839 oder 1840 mit Bettina gehabt hatte.
Bettina hatte, wie bereits erwähnt wurde, ihr Buch
über die Günderode den Berliner Studenten gewidmet,
und Max Ring unternahm es mit einigen Freunden, im
Namen der Berliner Studenten, der gefeierten Schriftstellerin Dank zu sagen. Bei dieser Gelegenheit äußerte
sich Bettina ausführlich über ihre ehemalige Freundin
und ihr tragisches Ende in einer Erzählung, die deswegen einem gewissen Zweifel begegnete, weil sie in

allen Einzelheiten, ja faſt wörtlich mit dem Berichte
Voſſens übereinſtimmte, ſo daß der Zweifel entſtehen
konnte, ob Bettina, die ſeit jener erſten Unterredung
mit Max Ring vielfach verkehrte, nicht in einer ſpäteren
Unterredung den Voſſiſchen Bericht zu Grunde legte
oder ihrer Phantaſie freien Spielraum gewährte. Alle
dieſe Zweifel jedoch werden zurückgewieſen durch einen
Brief des Clemens Brentano an Achim von Arnim Mitte
Auguſt 1806, der zuerſt von Reinhold Steig (Rund=
ſchau a. a. O.), jetzt in dem ſchon mehrfach erwähnten
Buche „Achim von Arnim und Clemens Brentano“
abgedruckt iſt, einen Brief, der auch die Thatſache, die
in dem Schreiben der Suſanna angedeutet iſt, beſtätigt,
daß Creuzer die Nachricht des Todes verborgen wurde.
Die Stelle lautet: „Weißt du, daß die Günderode ſich
vor drei Wochen am 26. Juli zu Winkel auf einem
Gute der Servière abends am Rhein erſtochen hat?
Ich ſende dir hiebei einen Brief Bettinens, der vieles
Schöne hievon ſagt. Es iſt Creuzers wegen. Dieſer
wollte ſich ſcheiden laſſen und ſie heiraten; vorher
trennte ſie ſich von allen Freunden, mutterſelig allein,
ſtößt ſelbſt Bettinen zurück, Creuzer war hier totkrank
und im Augenblicke, da er ſterben will, läßt er ihr feier=
lich ankündigen, er werde, wenn er auch geneſe, ſie nicht
mehr ſehen. Er habe in dieſen letzten Wochen ſeine
Pflicht erkannt und wolle ſeine Gattin behalten. Nun

ist er genesen, noch ist ihm die Nachricht verborgen, welches Genesen!" Die Vermittlerin des Creuzerschen Entschlusses, sich von Karoline zu trennen, war jene Susanna von Haiden. Aber auch an sie schrieb Creuzer nicht direkt, oder konnte seiner Krankheit wegen nicht schreiben, sondern ließ an sie eine Epistel durch Daub richten, der ja mit Karoline und den Ihren in nächster Verbindung stand.

Alles dieses erfahren wir aus dem einzig wirklich authentischen Berichte über den Tod der Karoline. Der Bericht findet sich in einem Briefe, welchen Susanna unmittelbar nach dem Tode ihrer Freundin an den Bruder schrieb (Schwartz a. a. O.). Die betreffende Stelle lautet: „Die Verbindung, in der Ihre Schwester, meine einzige Karoline, mit Creuzer stand, ist Ihnen bekannt. Beifolgende zwei Briefe von Daub an mich werden Ihnen die Lage der Dinge sagen, wie sie noch vor kurzem waren, bis ein fürchterliches Mißlingen jeder Vorsicht das Unglück Linens herbeiführte. Aus dem zweiten Brief von Daub werden Sie sehen, daß ich alles anwandte, diesen Kummer von Linen abzu= wenden. Ich schrieb, da alle Vorstellungen unnütz waren, beifolgenden Brief an Lotte Servière in Langen= winkel im Rheingau, wo Karoline war, nebst bei= folgendem Brief an Lina, um daß diese Linen vor= bereite, allein ungeachtet ich die Adresse an Lotte mit

verstellter Hand und Stempel gemacht habe, eilte Karo=
line, die seit langer Zeit auf Briefe gewartet hatte,
dem Boten entgegen, erbrach den Brief und ging in
ihr Zimmer, von wo sie bald wieder herauskam und
ganz heiter scheinend Lotte Adieu sagte, sie wolle am
Rhein, wie sie oft that, spazieren gehen, kam aber nicht
wieder. Beim Nachtessen wurde sie vermißt; man eilte
auf ihr Zimmer, fand die erbrochenen Briefe und
bange Sorge erfüllte die guten Mädchen. Sie suchten
die ganze Nacht, frühe fand man die unglückliche Lina
tot am Ufer; der Ihnen wohlbekannte Dolch hatte das
Herz des Engels durchstochen."

Daß Karoline nach Lektüre des verhängnisvollen,
nicht für sie bestimmten Schreibens mit großer Fassung
noch einige Briefe schrieb, in Gesellschaft von mehreren
Personen zum Abend gegessen, der Freundin mit großer
Heftigkeit „Gute Nacht" zugerufen, dies alles dagegen
sind Erfindungen, die Heinrich Voß in seinem schon er=
wähnten Briefe aus unlauteren Quellen oder mit der
Absicht dramatischer Zuspitzung berichtet.

Es scheint vielmehr, daß Karoline nur einen Brief
zu schreiben versuchte, nämlich an Creuzer. Sie be=
endete ihn aber nicht, und das Fragment dieses Briefes
schickte Susanna nebst den übrigen vier in ihrem Briefe
erwähnten Schreiben (zwei von Daub, zwei von ihr
selbst an Lotte und Karoline, die freilich alle leider

nicht erhalten oder wenigstens nicht bekannt sind) an
den überlebenden Bruder. Ebenso unwahrscheinlich wie
die übrigen von Voß erwähnten Einzelheiten ist, daß
die gleichfalls von Voß überlieferten Worte, die viel=
leicht in Daubs Brief an Susanna gestanden haben
mögen, „hüten Sie die Günderode vor dem Main und
vor Dolchen" (kurz vorher hatte sich ein junges Frank=
furter Mädchen aus unglücklicher Liebe in den Main
gestürzt), die unmittelbare Veranlassung zu dem Selbst=
morde Karolinens gewesen wären.

An der Thatsache des Selbstmordes selbst freilich
ist nicht zu zweifeln. Am 26. Juli 1806 endete
Karoline von Günderode aus Schmerz über die Täuschung
ihrer großen Lebenshoffnung ihr junges Leben. „Und
so blieb dem guten Mädchen nichts übrig, als den
Tod zu suchen." Dies traurige Wort Goethes, das er
brauchte, als er seinen dichterischen Plan erwähnte, den
Selbstmord der Nausikaa zu schildern, die sich in ihrer
Hoffnung getäuscht fand, den Ulysses zu erlangen, kann
man auch auf Karoline anwenden. Sie wurde, vielleicht
ihrem Wunsche gemäß, an der Stelle, wo ihr Tod statt=
gefunden hatte, begraben. Auf ihr Grab wurde ein Stein
gesetzt (1868 erneuert), der einige von ihr selbst be=
stimmte, nach dem Gedächtnis aufgezeichnete Verse trug,
die Herder aus indischen Quellen in die „Zerstreuten
Blätter" vierte Sammlung 1792 aufgenommen hatte.

Aber in einem teilte die unglückliche Karoline nicht das Los der Nausikaa. Während jene von großen Dichtern viel besungen wurde, ward Karoline nur das Los zu teil, von Dichterlingen gepriesen zu werden.

Goethe, der, wie oben S. 77 gezeigt ist, sich für die Dichtungen interessirte, nahm an dem traurigen Schicksal der Dichterin geringen Anteil. Unmittelbar nach dem Ereignis mag er durch Vermittlung der Frau von Wolzogen Kunde erhalten haben. Frau Frommann berichtet (29. August 1860, „Das Frommannsche Haus" S. 75) als Goethes Worte, „seine Mutter könne er über Fräulein von Günderode nicht fragen, denn da kriegte er gleich die Antwort, sie müsse toll geworden sein." Bettina gibt an, sie habe (Oktober 1808) eine große Relation über ihr Verhältnis zur Günderode und über den Tod der letztern an Frau Rath geschickt, eine Relation, die bei dem Charakter dieser Mitteilungen für Goethe bestimmt war (abgedruckt Briefw. mit einem Kinde, 3. Aufl. Berlin 1881, S. 51 ff.). Aber dies kann nicht richtig sein. Denn Goethe sagt im Tagebuch (Weim. Ausg. III, 4, S. 146) ganz ausdrücklich (11. August 1810): „Mit Bettina im Park spazieren. Umständliche Erzählung von ihrem Verhältnis zu Fräulein Günderode. Charakter dieses merkwürdigen Mädchens und Tod", kann also, nach der Fassung dieser Notiz von der Geschichte früher

nichts gewußt haben. In seinen Werken sprach er in
den Aufsätzen „Aus einer Reise am Rhein, Main und
Neckar" über die Dichterin und ihren Selbstmord
nur kurz, gelegentlich eines Besuches ihrer Todesstätte
(6. September 1814), mit jener kühlen Manier, die
eine wirkliche Herzensanteilnahme ausschloß.

Der erste, der ihrer öffentlich, freilich ohne ihren
Namen auszusprechen, pietätvoll dachte, war Achim
von Arnim. In seiner Geschichte „Isabella" („Er=
zählungen" 1812) schilderte er eine Rheinfahrt, die ihn
auch nach Winkel führte, und brauchte dabei die folgenden
Worte:

„Wir stiegen ans Land und sahen einander still=
schweigend an und wiesen auf die Landzunge, die im
Strome versunken. Ein edles, musenheiliges Leben
sank da in schuldlosem Wahn und der Strom hat
den geweihten Ort ausgetilgt und an sich gerissen, daß
er nicht entheiligt werde. Arme Sängerin, können die
Deutschen unserer Zeit nichts, als das Schöne ver=
schweigen, das Ausgezeichnete vergessen und den Ernst
entheiligen? Wo sind Deine Freunde? Keiner hat der
Nachwelt die Spuren Deines Lebens und Deiner Be=
geisterung gesammelt; die Furcht vor dem Tadel der
Heillosen hat sie alle gelähmt. Nun erst verstehe ich
die Schrift auf Deinem Grabe, die von den Thränen
des Himmels jetzt fast ausgelöscht ist; nun weiß ich,

warum Du die Deinen alle nennst, nur die Menschen nicht. Und wir gedachten mit Rührung dieser In-schrift und einer sagte sie dem andern, der sie ver-gessen hatte:

„Erde, du, meine Mutter, und du, mein Ernährer, der Lufthauch,
  Heiliges Feuer, mir Freund, und du, o Bruder, der Bergstrom,
Und mein Vater, der Aether, ich sage euch allen mit Ehrfurcht
  Freundlichen Dank; mit euch hab' ich hienieden gelebt;
Und ich gehe zur andern Welt, euch gerne verlassend.
  Lebt wohl, Bruder und Freund, Vater und Mutter, lebt wohl."